Michelle Conder

Farsa placentera

Editado por HARLEQUIN IBÉRICA, S.A.
Núñez de Balboa, 56
28001 Madrid

© 2013 Michelle Conder. Todos los derechos reservados.
FARSA PLACENTERA, N.º 2245 - 17.7.13
Título original: Living the Charade
Publicada originalmente por Mills & Boon®, Ltd., Londres.

I.S.B.N.: 978-84-687-3147-6
Depósito legal: M-13755-2013
Editor responsable: Luis Pugni
Fotomecánica: M.T. Color & Diseño, S.L. Las Rozas (Madrid)
Impresión en Black print CPI (Barcelona)
Fecha impresion para Argentina: 13.1.14
Distribuidor exclusivo para España: LOGISTA
Distribuidor para México: CODIPLYRSA
Distribuidores para Argentina: interior, BERTRAN, S.A.C. Vélez
Sársfield, 1950. Cap. Fed./ Buenos Aires y Gran Buenos Aires,
VACCARO SÁNCHEZ y Cía, S.A.

Capítulo 1

SI EL mundo fuera justo, pensó Miller Jacobs, la solución a sus problemas, un hombre impecablemente vestido y de igualmente impecables modales, cruzaría la puerta de doble hoja de cristal del moderno despacho de Sidney.

Un hombre completamente distinto al banquero que tenía delante, sentado al otro lado de la pequeña mesa de madera, que hacía por lo menos dos horas que debería haber dejado de beber.

–Bien, encanto, ¿qué favor quieres que te haga?

Miller reprimió una mueca de desagrado y volvió la cabeza hacia su amiga, Ruby Clarkson, con un mensaje en la sonrisa: «¿Cómo se te ha ocurrido que este elemento podría hacerse pasar por mi novio este fin de semana?».

Ruby arqueó una ceja a modo de disculpa y después hizo lo que solo una mujer hermosa podía hacer: deslumbró al banquero con una sonrisa y le mandó a paseo. Aunque no literalmente, ya que quizá en el futuro se vieran en la necesidad de tener relaciones profesionales con él.

Miller lanzó un suspiro de alivio mientras veía al banquero cruzar el bar camino de la puerta.

–No digas nada –le advirtió Ruby–. Pero, en el papel, parecía perfecto.

–En el papel, casi todos los hombres parecen perfectos –contestó Miller–. Los problemas surgen cuando se les empieza a tratar.

–Tampoco hay que exagerar.

Miller enarcó las cejas. Tenía motivos para estar de malhumor. Había desperdiciado una hora de su precioso tiempo, había estado bebiendo un vino blanco sumamente malo y seguía sin vislumbrar la solución a su problema. Un problema que había empezado al mentir a su jefe y decirle que tenía novio y que este estaría dispuesto a acompañarla en un viaje de trabajo de un fin de semana con el objeto de contener las insinuaciones de un arrogante y muy importante posible cliente.

T.J. Lyons era obeso, pedante e insoportable; y se había tomado las negativas de ella a sus insinuaciones como un reto. Al parecer, le había dicho a Dexter, su jefe, que la aparente frialdad y profesionalidad de ella eran una máscara tras la cual se ocultaba una mujer apasionada, y que estaba dispuesto a añadirla a su lista de conquistas.

Ese hombre era un machista y llevaba su sombrero Akubra como si fuera la versión australiana de J.R. Ewing, pero había conseguido perturbarla. Y tras el desafío a que asistiera a la fiesta de su cincuenta cumpleaños acompañada de su «media naranja» si quería, ocasión que también podía aprovechar para presentar el proyecto definitivo de trabajo, ella había sonreído y había contestado que sí, que encantada.

Lo que significaba que tenía que encontrar un novio en nada de tiempo, para el mediodía del día siguiente.

Ruby apoyó la barbilla en la mano.

–Tiene que haber alguien.

–También podría decir que mi novio se ha puesto malo, ¿no?

–Tu jefe ya sospecha algo. Y al margen de eso, tendrías que aguantar los envites de tu amoroso cliente durante todo el fin de semana.

Miller hizo una mueca.

–Las intenciones de T.J. no son amorosas, sino licenciosas.

–Puede que ese sea el caso con T.J., pero las intenciones de Dexter son claramente amorosas.

Miller no creía fundadas las sospechas de Ruby de que su jefe estaba enamorado de ella.

–Dexter está casado.

–Separado. Y sabes que le gustas y que ese es uno de los motivos por los que le mentiste respecto a lo de tener novio.

–Lo que pasa es que, después de una semana de trabajar dieciséis horas al día todos los días, estaba agotada. Puede que mi reacción fuera algo emocional.

–¿Emocional? ¿Tú? ¡Por favor! –Ruby tembló dramáticamente.

Entre las dos, Ruby tenía fama de ser emocional, mientras que ella se mostraba siempre reservada y reprimía sus emociones.

–Lo que necesito es comprensión, no sarcasmos –protestó Miller.

–Pero Dexter se ofreció voluntario para protegerte, ¿no? –quiso saber Ruby.

Miller suspiró.

–Resulta algo raro, lo reconozco, pero nos conocíamos de la universidad. Supongo que quería hacerme un favor... después de lo que T.J., en estado de embriaguez, le había dicho la semana anterior.

Ruby alzó los ojos al cielo.

—Sea lo que sea, te has inventado un novio y no te queda más remedio que convertirlo en realidad.

—Podría inventarme una neumonía.

—Miller, T.J. Lyons es un hombre muy importante en el mundo de los negocios y Dexter no es tonto. Has trabajado muy duro para permitir que ninguno de los dos decida tu futuro. Si fueras sola el fin de semana y T.J. coqueteara contigo delante de su esposa, estarías en el paro en un abrir y cerrar de ojos. No es la primera vez que veo que ocurre. Los hombres como T.J. Lyons jamás son condenados por acoso sexual, como debería ser.

Ruby tomó aire y Miller se alegró de que su amiga necesitara un respiro. Ruby, especializada en casos de discriminación, era una de las mejores abogadas del país. Y ella tomaba siempre nota de lo que su amiga le decía.

Miller llevaba seis años trabajando en Oracle Consulting Group, y la empresa se había convertido en un segundo hogar para ella. O quizá fuera su hogar, dado que se pasaba la vida allí. Si conseguía la multimillonaria cuenta de T.J., le ofrecerían participaciones en la empresa, su sueño desde hacía tiempo y algo que su madre le había instado a conseguir.

—No se puede decir que T.J. me haya acosado exactamente, Rubes —le recordó ella a su amiga.

—Durante la última reunión que tuvisteis, dijo que no dudaría en contratar a Oracle si fueras «amable» con él.

Miller lanzó un suspiro.

–Está bien, tienes razón. Verás, tengo un plan.

Ruby arqueó las cejas.

–¿Qué plan?

–Contrataré un acompañante –la idea se le había ocurrido durante el discurso de Ruby, y se volvió para enseñarle a su amiga la pantalla del móvil–. *Madame* Chloe. Dice que ofrece el servicio de discretos y profesionales caballeros a mujeres heterosexuales.

–Déjame ver –Ruby le quitó el teléfono–. ¡Dios mío! ¿Te acostarías con ese tipo?

Miller miró por encima del hombro de Ruby al hombre que aparecía en la pantalla del móvil.

–No quiero acostarme con nadie –respondió Miller exasperada.

Lo que menos quería en el mundo era sexo. No, no deseaba que nada le distrajera de los objetivos que se había impuesto a sí misma. Su madre sí lo había permitido y ahora estaba arruinada y era infeliz.

–Esta no es la solución –declaró Ruby de repente–. La mayoría de los tipos que una agencia así puede ofrecer no son la compañía que necesitas.

–Pues estoy perdida.

Ruby paseó la mirada por los clientes del establecimiento mientras Miller pensaba en el informe sobre ventas que tenía que terminar antes de acostarse aquella noche.

–¿Gripe asiática? –sugirió Miller.

–Eso no se lo creería nadie.

–Me refiero a mí –aclaró Miller con un suspiro.

–Espera... ¿Qué te parece ese?

–¿Quién? –Miller miró la pantalla del móvil, pero estaba apagada.

–Ese tipo tan atractivo que está en la barra.

Miller dirigió los ojos hacia el punto en que su amiga los había fijado y vio a un hombre alto acodado en la barra de madera con un pie sobre el reposapiés y la rodilla saliéndole por el agujero de los vaqueros con rotos. Paseó la mirada por los muslos, la estrecha cintura y el amplio pecho cubierto con una camiseta blanca vieja en cuya pechera había un provocativo eslogan en letras rojas y, al leerlo, hizo una mueca de desagrado. Se fijó en las anchas espaldas, notó que ese hombre de largo cabello castaño necesitaba un buen afeitado, y al mirarle a los ojos claros... le sorprendió mirándola fijamente.

La mirada del hombre era perezosa, casi indolente, y ella se quedó sin respiración. Sin comprender aquella reacción física, bajó la mirada igual que una niña al ser descubierta con la mano en la caja de las galletas.

Ignorando la impresión de que él seguía observándola, se volvió a Ruby.

–Tiene agujeros en los vaqueros y una camiseta que dice: «¿A mi ritmo o al tuyo?». ¿Cuántas copas de vino te has tomado?

Ruby volvió los ojos hacia la barra.

–No me refería a él, aunque está de muerte. Me refería al tipo del traje que está hablando con él.

Miller miró al hombre del traje, que le había pasado desapercibido. Cabello también castaño, afeitado, bonita nariz y un traje estupendo. Sí, ese era más su tipo.

–¡Vaya, creo que le conozco! –exclamó Ruby.

–¿Al de los vaqueros rotos?

–No –Ruby sacudió la cabeza, sonriendo abiertamente en dirección a los dos hombres acodados en la barra–. Al del traje que está al lado del de los vaqueros rotos. Sam algo. Estoy segura de que es un abogado de nuestro despacho de abogados de Los Ángeles. Y es justo lo que necesitas.

Miller se arriesgó a lanzar una mirada en la dirección de los dos hombres y notó que el alto de los pantalones rotos ya no la miraba; sin embargo, su instinto le dijo que huyera a toda prisa.

–¡No! –desechó la idea al instante–. Me niego a atrapar a un desconocido en la barra de un bar, aunque creas que le conoces. Voy al baño un momento y cuando vuelva tomamos un taxi y nos vamos a casa. Y deja de mirar a esos dos tipos, van a creer que queremos compañía.

–¡Queremos compañía!

Miller lanzó un bufido.

–Por el aspecto que tiene el de los pantalones rotos, como te descuides te pone en horizontal en un abrir y cerrar de ojos.

Ruby la miró con curiosidad.

–Eso es justo lo que le hace tan excitante.

–A mí no me lo parece –mintió Miller encaminándose al servicio.

Y se sintió mucho mejor tras haber decidido volver a casa. Aún no había solucionado el problema, pero estaba demasiado cansada para tratar de solucionarlo.

–Deja de mirar a esas mujeres, ¿vale? No hemos venido aquí a ligar –dijo Tino Ventura, malhumorado, a su hermano.

–Como no sabes qué hacer este fin de semana... supongo que solucionaría tu problema.

Tino gruñó.

–El día que necesite que mi hermano pequeño me facilite el entretenimiento puedes enterrarme.

Sam no se rio y Tino se arrepintió al instante de sus palabras.

–¿Qué tal va el coche? –preguntó Sam–. ¿Estáis progresando?

–Todavía hay que modificar algunas cosas del chasis y, además, no está bien equilibrado.

–¿Estará listo para el domingo?

Tino se puso nervioso al notar la preocupación de su hermano. Estaba harto de que todo el mundo estuviera preocupado por él, era como si fuera a ser su última carrera. Reconocía que había habido un par de desagradables coincidencias, pero no eran premoniciones de ninguna clase.

–Estará listo.

–¿Y la rodilla?

Cansado de un día de mucho trabajo con la preparación del coche, quería distraerse.

–Creía que íbamos a tomar una copa y a distraernos, así que deja de hablarme del trabajo.

No tenía ganas de que le recordaran que la temporada, que había empezado tan bien, estuviera yendo tan mal últimamente. Lo que necesitaba era ganar la siguiente carrera y así acallar a toda esa gente que decía que jamás llegaría a ser tan buen corredor de coches como su padre.

Y no era que le importara la opinión de la gente.

Sin embargo, le gustaría mucho demostrar a algunos lo equivocados que estaban y conseguir el mismo número de títulos que su padre; sobre todo, conseguirlo en el circuito en el que su padre había perdido la vida diecisiete años atrás.

–Si yo fuera tú, estaría nervioso –insistió Sam.

Y quizá él también lo estuviera si se pusiera a pensar en cómo se sentía. Pero los sentimientos eran lo que ponía en peligro la vida de los pilotos en el mundo de las carreras de coches.

–Por eso eres abogado y llevas un traje de cuatro mil dólares –comentó Tino.

–Cinco mil.

Tino se llevó la botella de cerveza a los labios.

–Deberías exigir que te devolvieran el dinero, hermanito.

Sam lanzó un gruñido.

–¡Mira quién fue a hablar! Tú, que tienes esa camiseta desde el colegio.

–Eh, no te metas con mi camiseta de la suerte –Tino lanzó una queda carcajada, contento de bromear con su hermano y de que este dejara de preocuparse por su carrera profesional.

Sabía que su hermano menor estaba preocupado por los problemas que él estaba teniendo últimamente y que eran tan parecidos a los que llevaron a su padre a su cita con la eternidad. Y lo mismo le ocurría al resto de la familia. Por eso era por lo que no quería acercarse a Melbourne hasta el lunes, cuando comenzaría la cuenta atrás para el día de la carrera.

–Perdona, pero creo que te conozco.

Tino miró a la rubia que llevaba diez minutos observándoles y se alegró de que hubiera centrado la atención en su hermano, no en él.

Vaya, toda una sorpresa.

Volvió la cabeza para localizar a la bonita compañera de la mujer que se les había acercado, pero parecía haber desaparecido.

–Que yo sepa, no –respondió Sam con expresión de perplejidad, pero visiblemente encantado–. Me llamo Sam Ventura y este es mi hermano, Valentino.

Tino se quedó mirando a su hermano. La única persona que le llamaba Valentino era su madre.

«Cambia el chip, Samuel».

–¡Claro que te conozco! –declaró ella–. Trabajas en Clayton Smythe, en el departamento dedicado a grandes empresas, en la oficina de Los Ángeles. ¿A que no me equivoco?

–No, no te equivocas –Sam sonrió.

–Yo soy Ruby Clarkson, abogada, especializada en casos de discriminación, de la oficina de Sidney –Ruby extendió la mano–. Por favor, dime que vas a pasar el fin de semana en la ciudad y que no has hecho planes.

Tino rogó por que su hermano no perdiera la compostura. La rubia tenía una sonrisa sensacional y buen tipo, pero era demasiado atrevida para su gusto. No obstante, estaba claro que a su hermano le encantaba.

Un sexto sentido le hizo volverse y se le iluminaron los ojos al ver aparecer a la amiga del traje negro. Ella lanzó una mirada en dirección a la mesa y se quedó boquiabierta al localizar a su amiga.

Entonces, al verle a él, cerró la boca y su expresión se tornó gélida. Él sonrió cuando la vio mirar hacia la puerta como si quisiera salir corriendo. Si ella se hubiera molestado en sonreír y él no hubiera acabado de poner fin a una relación amorosa con una mujer que había mentido respecto a comprender el significado de «relaciones no serias», diría que esa mujer era su tipo. Sofisticada y respingona: nariz respingona, senos respingones y nalgas respingonas. Y también le gustaba cómo se movía.

Mientras ella se les acercaba, tomó nota del brillo de sus cabellos castaños bajo las luces del bar y de la piel más cremosa que había visto en su vida. La boca tenía forma de corazón y los ojos eran de un azul intenso.

–Ruby, ya estoy aquí. Venga, vámonos.

Y una voz capaz de apagar un fuego.

Tino pensó que esa mujer debería estar susurrándole palabras amorosas al oído, no dando órdenes a su amiga.

–Eh, tranquila. ¿Por qué no dejas que te invite a una copa? –sugirió Tino.

–Estoy muy tranquila –respondió ella con una mirada que podría haber quebrado el cemento, pero que él sintió como un golpe en el estómago–. Y si quisiera tomar una copa, la pediría y la pagaría yo misma.

–¡Miller! –exclamó la amiga al instante, tratando de calmar los ánimos–. Este es Sam y su hermano Valentino. Y la buena noticia es que Sam tiene el fin de semana libre.

Esa mujer llamada Miller no se inmutó, aunque los labios se tornaron en una fina línea recta. Parecía a punto de prenderle fuego a su amiga, pero se contuvo en el último momento.

–Hola, Sam. Valentino.

Tino la vio asentir ligeramente.

–Encantada de conoceros. Pero, desgraciadamente, Ruby y yo tenemos que marcharnos.

–Miller, esta es la solución perfecta para ti –dijo su amiga casi en un susurro.

Tino lanzó una mirada interrogante a su hermano.

–Al parecer, Miller necesita un novio este fin de semana –explicó Sam.

Tino se sentó en el taburete de la barra. ¿Y...? ¿Querían reclutar a Sam?

–¿Qué? –preguntó Tino.

–No será necesario –declaró malhumorada ese rayo de luz–. Sentimos haberos molestado. Y, ahora, nos vamos.

–No, no nos habéis molestado en absoluto –intervino Sam alzando una mano con gesto tranquilizador, igual que hubiera hecho en un juicio–. Estoy encantado de poder ofrecer mis servicios.

¿Servicios? ¿Servicios sexuales?

A Tino se le erizó el vello.

–¿Podría alguien explicarme qué está pasando aquí? –preguntó con voz brusca, como alguien dispuesto a proteger a un hermano menor contra esas mujeres tan extrañas.

–Miller tiene que ir de viaje de trabajo este fin de semana y necesita un novio con el fin de pararle los pies a un cliente empecinado en conquistarla –explicó Ruby.

Tino miró a Miller con expresión sobria.

–¿No le has podido decir que no estás interesada?

Ella clavó esos deslumbrantes ojos en los suyos y él se encontró hipnotizado por su color y por su forma rasgada.

–Vaya, ¿cómo es posible que no se me hubiera ocurrido?

–A veces, se nos escapa lo obvio –comentó él.

–Era una broma –la mujer parecía sorprendida de

que él hubiera podido tomarse en serio el comentario sarcástico, y le dieron ganas de reír.

No resultaba difícil adivinar por qué necesitaba buscarse un novio de mentira. Aunque fuera respingona y de rostro angelical, también era mordaz, antipática y autoritaria. No, no era su tipo en absoluto.

—¿No ibas a llevar a navegar a uno de tus clientes en el velero de Dante este fin de semana? —quiso recordarle a Sam la expedición que Dante, su hermano mayor, y él habían tratado de organizar en beneficio de Sam.

Sam lanzó un gruñido.

—Maldita sea, se me había olvidado.

—¿En serio? —preguntó Ruby consternada.

—Bueno, será mejor que nos vayamos ya —intervino Miller de mal humor.

Tino se preguntó si era tonta o si se negaba a reconocer la evidente atracción que había entre Ruby y Sam.

—Pues hazlo tú.

Tino clavó los ojos en los de su hermano.

—¿No me habías dicho que querías hacer algo diferente este fin de semana? Es la solución para todo el mundo —añadió Sam.

Tino miró a su hermano menor como si se hubiera vuelto loco. Su mánager y el director del equipo le habían dicho que se tomara el fin de semana libre y que no pensara en la carrera, pero suponía que no le aconsejarían un fin de semana haciéndose pasar por el novio de aquella imposible mujer.

—No, no creo que sea una buena idea —contestó el rayo de luz, como si fuera una ocurrencia ridícula.

Y lo era.

Pero, de todos modos, le molestó que le rechazara abiertamente.

—¿He dicho o he hecho algo que la haya ofendido? —le preguntó Tino, clavando los ojos en los de ella.

—No, en absoluto —pero la mujer llamada Miller respondió en tono seco y no pudo evitar arrugar la nariz al tiempo que fijaba la mirada en el eslogan de la camiseta.

—Ah, entiendo —Tino lanzó un suspiro—, no soy digno de ti. Es eso, ¿verdad, Rayo de Luz?

Los ojos de ella echaron chispas y Tino se dio cuenta de que había dado en el clavo. Le dieron ganas de reír. Ella no solo no le había reconocido, lo que se explicaba fácilmente ya que el deporte al que se dedicaba era fundamentalmente europeo, sino que le despreciaba por no ir bien vestido.

Era la primera vez que le ocurría eso y sonrió con ganas, algo que no hacía en meses.

—No es eso, es solo que no estoy tan desesperada.

Ella cerró los ojos brevemente al darse cuenta de su metedura de pata, y la sonrisa de él se ensanchó. Era plenamente consciente de que si ella le hubiera reconocido estaría coqueteando con él y le faltaría tiempo para darle su número de teléfono en vez de mirarle como si tuviera una enfermedad contagiosa.

—Sí, claro que estás desesperada —declaró la amiga.

Tino bebió un sorbo de cerveza mientras Miller parecía a punto de estallar.

—Ruby, por favor.

—Yo respondo por mi hermano —intervino Sam—. Aunque no lo parezca, es digno de toda confianza.

Tino lanzó un gruñido. Estaba a punto de decir que

por nada del mundo ayudaría a esa mujer cuando, de repente, la miró a los ojos y vio que eso era justo lo que ella esperaba que dijera. Y guardó silencio. No iba a ayudarla, por supuesto. ¿Por qué iba a hacerse pasar por el novio de ella cuando no tenía ningún interés en esa mujer?

Pero cuando iba a responder, Sam se le adelantó.

—Vamos, Valentino. Imagínate que eso le pasara a Dee. ¿No te gustaría que un tipo decente la ayudara?

Tino miró furioso a su hermano. Era un golpe bajo que Sam le recordara a su hermana menor completamente sola en Nueva York.

—Déjalo —dijo, con voz autoritaria, la mujer necesitada de novio—, era una idea terrible. Mi amiga y yo nos vamos ya, olvidad todo esto.

Tino bebió otro sorbo de cerveza y notó que ella le miraba a la garganta mientras bebía. Y cuando volvió a mirarle a los ojos, en vez de aguamarina parecían azul marino. Interesante. Mejor dicho, lo era hasta que su cuerpo comenzó a responder inesperadamente.

—¿No crees que haríamos buena pareja? —dijo él de improviso, sin pensar—. Porque yo creo que sí.

La animada amiga llamada Ruby parecía a punto de aplaudir.

Miller le sostuvo la mirada con expresión de advertencia.

—No, no lo creo.

—Dime, si yo no te ayudo, ¿qué vas a hacer? —quiso saber Tino—. ¿Vas a dejar que tu cliente intente seducirte?

Ignoró la expresión de curiosidad de su hermano

y se centró en la de Miller. Y entonces, dedicándole una de sus famosas sonrisas, añadió:

—Está bien, lo haré.

Miller respiró hondo y miró de arriba abajo al hombre que tenía delante. Era grosero, maleducado y desaliñado, y tenía el cuerpo más bonito que había visto en su vida. También tenía unos ojos azul grisáceo increíbles y con largas y espesas pestañas negras, y los labios parecían esbozar permanentemente una sonrisa irresistible. Y sumamente sensual.

Pero ese tipo estaba loco.

Y aunque necesitaba a alguien que se hiciera pasar por su novio, jamás aceptaría la ayuda de ese hombre. El hermano era otra cosa, pero no podía fingir estar interesada en ese tipo. Daba la impresión de ser la clase de hombre acostumbrado a que con solo mover un dedo cualquier mujer corriera a su lado.

Además, tenía agujeros en los pantalones vaqueros y necesitaba darse una ducha. Pero al margen de todo eso, era demasiado. Demasiado hombre.

De repente, sonrojándose, Miller se dio cuenta de que había estado mirándole a los labios, y que tanto Ruby como Sam esperaban una respuesta por parte de ella.

Entonces clavó la mirada en la desagradable camiseta de él. Ruby debía de estar borracha si pensaba que ella iba a aceptar el ofrecimiento.

—Bueno, Rayo de Luz, ¿qué dices?

Le molestó el tono condescendiente de él.

Estaba pensando con qué palabras iba a rechazarle cuando se dio cuenta de que era justo eso lo que él esperaba. Ese hombre contaba con su rechazo.

Miller lanzó un suspiro, le daba vueltas la cabeza. A ese maleducado no se le había pasado por la imaginación que ella pudiera aceptar su ayuda. Era un charlatán y se merecía un castigo.

Miller le miró de los pies a la cabeza con descaro y, anticipando el deleite que iba a producirle verle encogerse, preguntó con voz dulce:

—¿Tienes un traje?

Capítulo 2

IMPACIENTE, frente al edificio de apartamentos Neutral Bay, Miller volvió a echar un vistazo al teléfono móvil por si tenía algún mensaje. Seguía resultándole difícil creer que el tipo desaliñado del día anterior, en vez de mostrarse disgustado por que ella hubiera aceptado el ofrecimiento, se echara a reír y le dijera que estaba encantado de serle útil.

«¿Encantado? Ni en sueños».

No le sorprendería en absoluto que Valentino Ventura no apareciese. Parecía esa clase de hombre.

No sabía por qué, pero el nombre le sonaba de algo. Quizá fuera por el sonido: decadente y peligroso. O quizá fuese por el calor de primeras horas de la tarde, que hacía que la camiseta negra de manga larga se le pegara al cuerpo.

La situación la había puesto nerviosa. Llevaba años reprimiendo el lado impetuoso de su personalidad, después del divorcio de sus padres y del derrumbe de su pequeño mundo. Estaba decidida a conseguir seguridad en su vida, a eliminar la sensación de precariedad en su futuro.

Miller suspiró. Estaba cansada. Llevaba toda la semana durmiendo un promedio de cuatro horas y aquella mañana se había levantado sintiéndose como si no hubiera dormido en absoluto.

Un par de ojos de color azul grisáceo en un rostro imposiblemente hermoso le habían quitado el hambre y la habían dejado sin desayunar. Lo mismo que el sueño que había tenido antes de despertar. Un sueño en el que aparecía un hombre terriblemente parecido al que estaba esperando en esos momentos. En el sueño, el hombre la había mirado como si ella fuera todo lo que un hombre pudiera desear en una mujer y, tras lamerse los labios, había bajado la cabeza y, sin dejar de mirarle la boca, la había...

Miller sintió la garganta seca y tembló a pesar del calor. Miró a un lado y a otro de la calle, pero nada, no había señales de él.

Miller sacudió la cabeza. No, no iba a seguir esperándole. Estaba claro que él no tenía intención de ayudarla, lo que era perfectamente comprensible, dado que no se conocían de nada y, probablemente, no volverían a verse nunca. Pero... no podía comprender por qué sentía una ligera desilusión por que no hubiera aparecido.

De repente, vio un coche deportivo plateado doblar la esquina y frunció el ceño al verlo aparcar justo detrás de su sedan negro.

A punto de sermonear al conductor del deportivo por conducir arriesgadamente, se quedó atónita al ver a su novio postizo salir del coche. Se cruzó de brazos y lanzó un suspiro mientras él se le acercaba con una perezosa sonrisa plasmada en el rostro.

Ese hombre exudaba virilidad y seguridad en sí mismo, y se movía como si fuera el amo del mundo. Justo la clase de hombre que detestaba.

A pesar de medir un metro setenta, le pesó no haberse puesto tacones, porque Valentino le sacaba casi treinta centímetros y los anchos hombros le hacían parecer aún más alto.

Después del sueño de la noche anterior, se había empeñado en sacarle defectos con el fin de encontrarle feo, pero iba a resultar imposible. Con la camiseta blanca y los pantalones vaqueros estaba tan guapo que casi dolía mirarle.

Y a juzgar por los bíceps que tenía era de suponer que pasaba horas en el gimnasio.

Haciendo un esfuerzo por reprimir las ganas de peinarle hacia atrás un mechón de pelo que le caía alborotado sobre la frente, Miller hizo lo que pudo por encontrar las palabras que les hicieran empezar con buen pie el fin de semana: educadamente, con reconocimiento del favor que él le estaba haciendo y profesional.

Pero él se le adelantó:

—El traje está en el coche. Te lo prometo.

La voz profunda y el tono burlón la hicieron clavar los ojos en los de él y se le olvidó lo de educadamente y con reconocimiento.

—Llegas con retraso.

Los labios de Valentino se curvaron en una sonrisa, como si no hubiera notado el tono seco de ella.

—Perdona. El tráfico es una jodienda los viernes a estas horas.

—Será mejor que no digas palabras malsonantes este fin de semana. Yo jamás saldría con un hombre que dice palabrotas.

Los ojos de él brillaron bajo la luz del sol.

—Eso no estaba en tu informe personal.

Tino se acababa de referir al informe personal preparado a insistencia de Ruby antes de salir del bar la noche anterior.

–No creía que fuera necesario incluir mi preferencia por los buenos modales.

–Y yo creo que vamos a tener que aclarar algunas cosas durante el trayecto.

Miller se mordió la lengua para no responder: «Eso parece».

–¿Has rellenado el cuestionario adjunto a mi informe personal? –preguntó Miller, arrepintiéndose de habérsele olvidado preguntar por su trabajo.

–No me habría atrevido a no hacerlo.

La humorosa respuesta se le atragantó, y lanzó una rápida mirada al reluciente símbolo fálico en el que él estaba apoyado. ¿Era suyo ese coche o era prestado?

–Quiero estar en la autopista antes de que esté atestada de gente que sale de fin de semana. Así que agarra tu bolsa de viaje y vámonos.

–¿Conoces el significado de la expresión «por favor»?

Miller se puso tensa al instante, molesta con la broma de él. No tenía ni idea de por qué ese hombre la hacía perder la compostura de esa manera.

–Por favor –se obligó ella a decir, forzando una sonrisa que se tornó rígida cuando él continuó observándola sin moverse.

–¿Eres siempre tan mandona?

Sí, debía de serlo.

–Prefiero la palabra «decidida».

–Sí, te creo –él se apartó del coche y su estatura la hizo sentirse muy pequeña–. Pero te voy a dar una sorpresa, Rayo de Luz. Voy a conducir yo.

Miller se lo quedó mirando fijamente, con perplejidad.

–¿Has alquilado este coche?

–Sí, así es.

Y parecía haberle divertido la pregunta.

Miller cerró los ojos brevemente, preguntándose cómo había acabado eligiendo a ese hombre de novio postizo y cómo iba a conseguir que le saliera bien la jugada.

–Vamos a ir en mi coche –declaró ella, convencida de que era la clase de persona que cuando se le daba la mano se tomaba el pie.

Él se cruzó de brazos, con los bíceps abultados bajo las mangas de la camiseta. Miller se alarmó al sentir una extraña sensación en los músculos de la pelvis, y estuvo a punto de darle un mareo.

–¿Es nuestra primera pelea como pareja? –preguntó él en tono inocente.

«Bien, basta ya de bromas».

–Escucha, señor Ventura, se trata de una situación seria y te agradecería un poco de seriedad –Miller sintió los latidos de su corazón y sabía que debía de tener el rostro enrojecido.

Valentino arqueó una ceja y se hizo a un lado para abrir la puerta del asiento contiguo al del conductor.

–No hay problema, señorita Jacobs. Entra.

Miller no se movió.

–Mi ego se resentiría si dejara conducir a una mujer.

Le detestaba, pensó Miller. Eso era todo.

–Vaya, jamás me atrevería a poner en tela de juicio su ego, señor Ventura. Así que, por supuesto, conduzca usted si quiere.

La perezosa sonrisa de él la puso aún más furiosa. Ese hombre la encontraba divertida. Y eso hizo que le hirviera la sangre.

Pero como le dolía mucho que él creyera que había ganado la pelea, dijo con voz educada:

–La verdad es que no me importa que conduzcas tú. Así podré trabajar mientras viajamos.

–Pero no acaba de agradarte del todo, ¿verdad?

–No.

–¿Qué es lo que te agrada?

Él volvió a cruzar los brazos a la altura del pecho y Miller perdió el hilo de la conversación al fijar los ojos en los músculos de los morenos brazos.

Por fin, se aclaró la garganta y contestó:

–Lo normal: buenos modales, inteligencia, sentido del humor...

–En resumen, te gustan educados y divertidos, ¿verdad, señorita Jacobs? Interesante.

Miller le detestó aún más si cabía.

–No tiene ninguna gracia. Dime, ¿te has propuesto estropearme el fin de semana?

–Rayo de Luz, si hubiera querido estropearte el fin de semana no habría aparecido.

–No me gusta que me llames Rayo de Luz.

–Todas las parejas usan apodos. Seguro que se te ha ocurrido más de uno respecto a mí.

Sí, más de uno, pensó ella. Pero eran apodos que no podía pronunciar en voz alta.

Por fin, instalados en el coche, Miller recorrió con la mirada el interior del vehículo. Debía de haberle costado una fortuna alquilar un coche así y, de nuevo, se preguntó cómo se ganaría la vida.

No pudo evitar clavar la mirada en los muslos de él, enfundados en unos vaqueros, mientras se sentaba al volante.

–No eres abogado como tu hermano, ¿verdad? –preguntó Miller.

–¡Cielos, no! ¿Tengo aspecto de abogado?

No, no lo tenía.

–No –Miller hizo un esfuerzo por no sentirse desilusionada–. ¿Tienes a mano el cuestionario que te pedí que rellenaras?

–Vaya, es evidente que tienes interés en conocerme.

Valentino se volvió hacia el asiento posterior, acercando el cuerpo al de ella, y le dio el cuestionario.

Entonces puso en marcha el coche.

–He añadido algunas cosas –le informó él adentrándose en el tráfico de la ciudad.

Miller alzó los ojos, confusa, y decidió no distraerle con preguntas sobre qué era lo que había añadido. Prefirió centrarse en el cuestionario.

El color preferido de Valentino era el azul y la cocina que más le gustaba era la tailandesa. Se había criado en Melbourne. Le gustaba nadar, correr y hacer surf. No era de extrañar que con esas aficiones estuviera tan en forma. No le sorprendió ver que no tenía aficiones intelectuales. Familia: dos hermanas y dos hermanos.

–Sois familia numerosa.

Él gruñó algo.

–¿Estáis muy unidos? –la pregunta era demasiado personal e innecesaria, pero le picaba la curiosidad. Además, ella se había pasado la infancia echando de menos un hermano o una hermana.

Valentino lanzó una fugaz mirada hacia ella.

–No mucho.

Era una pena. Ella siempre se había imaginado que las familias numerosas eran familias felices y unidas.

—A la pregunta de «dónde vives», respondes que «en cualquier parte». ¿Qué quieres decir con eso? —preguntó ella mirando el cuestionario.

—Viajo mucho.

—¿En plan mochilero?

Valentino lanzó una carcajada.

—Rayo de Luz, tengo treinta y tres años, soy un poco mayor para ir por ahí con una mochila a la espalda. Viajo por mi trabajo.

Miller continuó ojeando el cuestionario.

—Aquí, en la pregunta «ocupación», contestas que conduces. ¿Conduces qué?

Él le lanzó una fugaz mirada.

—Coches. ¿Qué otra cosa iba a conducir?

—No sé. Autobuses, trenes, camiones...

«Por favor, que no sea taxista». Dexter no la dejaría en paz si fuera taxista.

—No me digas que eres una de esas esnobs que solo salen con ejecutivos y hombres con dinero.

Miller se puso tensa. Estaba completamente centrada en su trabajo, la última vez que había salido con alguien había sido cuando todavía estaba en la universidad. Pero, por supuesto, no iba a decírselo.

—No, claro que no.

No obstante, le gustaban los hombres que iban con traje.

Pensando que quizá él estuviera avergonzado del trabajo que hacía, decidió dejar el tema por el momento. Ojeó la página y clavó los ojos en un comentario casi al final.

Miller arrugó la nariz.

—No necesito saber qué ropa interior usas —y tampoco quería imaginársele en calzoncillos.

—Según tu informe, llevamos saliendo juntos dos meses. Creo que deberías saber cómo es mi ropa interior, ¿no te parece?

—Debería saberlo si saliera contigo. Pero no es relevante porque jamás necesitaré utilizar esa información.

Él volvió a lanzarle una rápida mirada.

—Eso no lo sabes.

—Podría inventarme algo en caso de ser necesario.

—¿Eres siempre así de deshonesta?

Miller lanzó un sonoro suspiro. Nunca era deshonesta.

—No, no lo soy. Me desagrada enormemente esta situación. Y me desagrada aún más que, por el hecho de estar soltera, los hombres crean que soy fácil.

—No es solo eso, ¿verdad?

—No —reconoció Miller pensando en T.J.–. No le gusto a mi cliente. Lo que a mi cliente le gusta es la palabra «no».

—¿En serio crees eso?

—Estoy convencida de ello. Es un tirano arrogante y un pedante.

—Como no lo conozco, no puedo saberlo. Pero si quieres mi opinión, a tu cliente le interesan más tus brillantes cabellos, boca seductora y cuerpo estilizado que tu rechazo.

—¿Qué...? ¡Eh! —Miller plantó las manos en el salpicadero del coche cuando este adelantó a un autobús a la velocidad del rayo, y casi se desmayó cuando Valentino volvió al carril de la izquierda evitando estrellarse contra una furgoneta blanca por dos segundos.

—Relájate. Me gano la vida haciendo esto.

—¿Haciendo qué? ¿Asesinando a tus pasajeros? —preguntó ella con voz débil.

Él se echó a reír.

—Conduciendo.

Miller olvidó que habían estado a punto de tener un accidente y pensó en lo que él había dicho sobre sus cabellos y su boca. ¿Y por qué eso hacía que le latiera el corazón como a un pájaro asustado?

—Creo que no podemos decir que nos hemos conocido en la clase de yoga —comentó él.

—¿Por qué no?

—Porque yo no hago yoga.

Miller apretó los labios al darse cuenta de que Valentino le estaba tomando el pelo.

—Esto te divierte, ¿verdad?

—Más de lo que me imaginaba —concedió él.

Miller, frustrada, lanzó un suspiro. Nadie iba a creer que estaba saliendo en serio con ese tipo. Su madre siempre le había aconsejado que no mintiera nunca y ella siempre había seguido ese consejo. Pero la ambición la había cegado. O quizá hubiera sido el temor a T.J.

—Mejor dejar de hablar —murmuró para sí misma—. Ya tengo suficiente información.

—Yo no.

Miller le miró con aprensión.

—Todo lo que necesitas saber de mí está en el informe personal. Supongo que lo has leído, ¿no?

—Sí, muy interesante. Te gusta la comida mexicana, el helado de fresa y hacer punto de cruz. También te gusta leer e ir a exposiciones de arte. Pero no dices nada de tu ropa interior.

—Porque no es relevante.

–Pero sabes qué ropa interior me gusta a mí.

–Pero no te lo he preguntado.

–Está bien, ¿cuál es la que te gusta?

–¿Cómo?

–¿Prefieres la ropa interior de algodón o te inclinas por la de encaje?

Miller contuvo un golpe de tos.

–Eso no es asunto tuyo.

–Lo es. No quiero que tu cliente me pille desprevenido.

–Cliente potencial. Y, además, yo creía que los hombres hablaban de deportes, no de ropa interior de mujeres.

–De vez en cuando dejamos los deportes y hablamos de otras cosas –Valentino le lanzó una traviesa sonrisa–. En fin, como te niegas a decírmelo, me veré obligado a tirar de la imaginación.

–Imagina todo lo que quieras –Miller se arrepintió de sus palabras al ver que él clavaba los ojos en sus pechos.

–Vaya, esa es una invitación a la que ningún hombre se podría resistir.

Miller le lanzó una mirada asesina.

Con el fin de calmarse, cometió el error de leer, en voz alta, unas líneas más que él había escrito en el cuestionario:

–«Posición sexual preferida».

–No he terminado de imaginar la ropa interior que llevas –se quejó él–. Aunque me inclino por el encaje. ¿Me equivoco?

Miller fingió un bostezo, preguntándose cómo ese hombre había adivinado su pequeño secreto.

–Has escrito: «todas».

–Puede que haya exagerado un poco. Ya era tarde cuando escribí eso. Supongo que si tuviera que elegir... No. La verdad es que me gustan todas por igual.

–No te lo he preguntado.

–Aunque estar encima siempre me gusta –continuó él, ignorando las palabras de ella–. Y también me gusta poseer a una mujer colocándome detrás de ella.

Miller soltó el aire que había estado conteniendo. Solo se había acostado con un hombre y no habían experimentado gran cosa. Y se maldijo por no poder evitar imaginarse a sí misma encima de él y también a Valentino a sus espaldas, dentro de su cuerpo...

El corazón le latía con fuerza y, de repente, se sorprendió a sí misma con los ojos fijos en las manos de él sujetando el volante del coche.

–¿No crees que deberías centrar la atención en la carretera?

–¿Nerviosa, Miller?

Miller sacudió la cabeza.

–¿Te tomas algo en serio en la vida?

–Muchas cosas. ¿Y tú, hay algo que no te tomes en serio?

–Muchas cosas –lo que era una descarada mentira, y temió que empezara a crecerle la nariz.

Valentino adelantó a otro coche y ella, ausentemente, notó que él había empezado a conducir menos como un corredor de coches.

Por fin, decidida a ignorarle durante el resto del trayecto, Miller sacó el ordenador portátil y se puso a trabajar.

Capítulo 3

ES AQUÍ? –Valentino detuvo el coche en el arcén de la carretera y Miller, que había estado siguiendo las direcciones del GPS del móvil, levantó la cabeza.

–Sí –Miller leyó la placa que había en una de las dos enormes columnas de ladrillo que sustentaban una puerta de hierro forjado de doble hoja–: *Sunset Boulevard.*

Típico de los aires de grandeza de T.J., pensó ella.

Tras anunciarse por el interfono, las puertas de la verja se abrieron y las ruedas del coche crujieron al rodar por la grava del camino que describía una trayectoria circular, deteniéndose entre un imponente pórtico y una fuente con querubines sosteniendo arcos y flechas dorados.

–¿Quién es tu cliente?

Miller no contestó. Estaba demasiado ocupada examinando la mansión rosada que parecía haber sido trasplantada de la Costa Amalfi italiana a aquella zona árida de la costa australiana, explanada de césped incluida.

La portezuela del coche se abrió y Miller, automáticamente, aceptó la mano que le ofrecía Valentino para ayudarla a salir del coche. Una especie de corriente eléctrica le corrió por el brazo y le bajó por las piernas.

De repente, la puerta delantera de la mansión se abrió.

–Miller. No te has retrasado.

Miller miró a su jefe.

–Aunque ahora comprendo por qué –Dexter se quedó mirando a Valentino y luego deslizó los ojos con expresión de admiración por el coche plateado.

Un hombre corpulento bajó detrás de Dexter los escalones del pórtico, y Miller esbozó una sonrisa artificial cuando T.J. Lyons se les acercó.

–¡Vaya, qué sorpresa! –exclamó T.J.

De repente, consciente de Valentino a sus espaldas, Miller casi dio un salto al sentir la mano de él en la cadera. Los dos hombres miraban a Valentino como si se tratara del Dalai Lama y tuvieran que rendirle homenaje.

–Dexter, T.J., este es...

–Sabemos perfectamente quién es, Miller –declaró Dexter ofreciéndole la mano a Valentino–. Tino Ventura. Es un placer tenerte con nosotros. Yo soy Dexter Caruthers, de Oracle Consulting Group.

Valentino le dio la mano.

«¿Tino?», se preguntó Miller.

–Un inconformista –declaró T.J. dirigiéndose a Valentino.

«¿Inconformista?»

¿Acaso T.J. y Dexter habían confundido a Valentino con algún conocido suyo?

Valentino sonrió y aceptó sus saludos como si se tratara de un par de viejos amigos.

No, Valentino no podía conocer a su cliente.

–Qué callado te lo tenías, ¿eh, Miller? –comentó T.J.–. Me tienes impresionado.

«¿Impresionado?».

Miller miró a Valentino y, en el momento en que su jefe comenzó a preguntar por una lesión a causa de un accidente en Alemania el pasado agosto, lo reconoció.

Tino Ventura, famoso piloto de coches de carreras.

Se habría caído redonda al suelo de no ser porque Valentino la tenía agarrada por la cadera.

Murmuró una maldición. Valentino debió de oírla, porque dijo inmediatamente:

–Caballeros, ha sido un trayecto largo, ¿qué tal si dejamos esta conversación para la cena?

Miller sonrió apretando los dientes mientras Tino sacaba las bolsas de viaje del coche y se las daba a un empleado.

–Roger, por favor, acompaña a los señores a su habitación –dijo T.J. al empleado.

–Muy bien. Señores, por favor, acompáñenme.

Miller y Valentino subieron los escalones del porche detrás del empleado.

¡Tino Ventura!

¿Cómo no se había dado cuenta antes? A pesar de que no era aficionada a ver deportes por televisión, debería haber reconocido a Tino Ventura, ya que era el único piloto de coches australiano de fama internacional.

No obstante, él debería haberle dicho quién era. Y eso la irritó hasta el punto de no fijarse en las pinturas que colgaban de las paredes del vestíbulo de la casa de T.J.

Aunque, por supuesto, le daba igual la casa de T.J. En ese momento, lo único que quería era echarle un sermón a Valentino Ventura por haberla engañado.

–Deja de darle vueltas a la cabeza –dijo la profunda voz de Valentino a sus espaldas, haciéndola temblar.

–Haces que me duela la cabeza.

–Señora, caballero, esta es su habitación.

El empleado abrió una puerta y Miller entró detrás de él.

La habitación era espaciosa, la decoración consistía en una mezcla de moderno y antiguo combinada con gusto. En la pared de enfrente de la puerta había una ventana en voladizo con vistas al mar.

–El señor Lyons y sus invitados están a punto de reunirse en la terraza posterior para los cócteles. La cena se servirá dentro de media hora.

–Gracias –dijo Valentino cerrando la puerta tras la marcha del empleado.

Entonces, Tino se volvió, la miró e, imitando la postura de ella, de pie con las piernas separadas y cruzada de brazos, dijo:

–Vamos, suelta ya lo que tengas que decir.

Miller se lo quedó mirando durante un minuto sin decir nada. Miró a su alrededor, en busca de un sofá, y encontró uno de estilo antiguo, un sillón y un asiento de madera que seguía la curva de la ventana.

Valentino se sentó en la cama y probó el colchón.

–Cómodo.

–No voy a acostarme contigo en esa cama –le informó ella.

–Vamos, Miller, aquí caben seis personas por lo menos.

Seis personas del tamaño de ella, pensó Miller. ¿Por qué no se le había ocurrido pensar en cómo iban a dormir?

–No habría estado mal que me hubieras dicho quién eras –dijo ella enfadada.

–Te dije mi nombre y mi ocupación.

Miller apretó los labios, pero no le quedó más remedio que reconocer que, en parte, lo que Tino había dicho era cierto.

–Pero debiste de darte cuenta de que no te había reconocido.

Valentino se encogió de hombros.

–De haberme parecido importante lo habría mencionado.

–¿Por qué pensaste que no lo era? –preguntó ella echando humo–. Todo el mundo sabe quién eres.

–Tú no lo sabías.

–Eso es porque no sigo los deportes, pero... Bah, da igual. Voy a ir al cuarto de baño, a pensar.

Después de lavarse el rostro con agua fría, Miller se miró al espejo y pensó en qué era lo que realmente sabía sobre su supuesto novio, al margen de las tonterías que había leído en el cuestionario. ¡Taxista! Cómo se habría reído Tino de haber sabido que ella había pensado que podía ser taxista.

Ahora, sí sabía que Tino era un deportista de élite y un mujeriego que prefería a las rubias tipo modelo, aunque no se acordaba de dónde lo había leído ni hacía cuánto tiempo. En cualquier caso, Tino no era el tipo de hombre con el que ella saldría, cualquiera que los viera podía darse cuenta de ello... incluido Dexter.

Dexter era listo. Y curioso.

¿En qué lío se había metido?

—¿Vas a pasarte ahí el fin de semana?

La voz de él al otro lado de la puerta la sacó de su ensimismamiento. Entonces, ella abrió la puerta y se quedó casi sin respiración momentáneamente al verle con un brazo alzado y apoyado en el marco de la puerta e imposiblemente alto.

Miller pasó por su lado, adentrándose en el dormitorio, y trató de ignorar el temblor que le recorrió todo el cuerpo. Entonces, tras respirar hondo, dijo:

—Nadie va a creerse el cuento de que somos una pareja.

—¿Por qué no?

Miller alzó los ojos al cielo.

—En primer lugar, porque no nos movemos en los mismos círculos. En segundo lugar, porque yo no soy tu tipo y tú no eres mi tipo.

—Tú eres una mujer y yo soy un hombre. Nos gustamos. Le pasa a todo el mundo.

A él, a ella no.

—Tienes razón, no podemos decir que nos hemos conocido en clase de yoga.

—Oye, estás sacando las cosas de quicio. Tratemos de ceñirnos a la verdad lo más posible: nos conocimos en un bar, nos gustamos y ya está.

Valentino abrió su bolsa de viaje, que había dejado encima de la cama.

—¿Por qué has venido? —preguntó ella con voz suave.

Valentino la miró a los ojos.

—Sabes perfectamente por qué —respondió él con la misma suavidad en la voz—. Me desafiaste a venir.

Miller arqueó una ceja.

–Creía que habías dicho que tenías treinta y tres años, no trece.

La boca de Tino se curvó en una ladeada sonrisa antes de subirse la camiseta revelando el musculoso pecho. ¿Qué derecho tenía un hombre a ser tan guapo?

–¿Qué te propones? –preguntó ella alarmada.

Valentino dejó caer la camiseta encima de la cama y volvió la cabeza para mirarla.

–Cambiarme de ropa para la cena. No quiero hacerte quedar mal con tus amigos.

¡Ja! Ahora que sabía quién era Valentino Ventura, también sabía que aunque se vistiera de payaso todos se lo perdonarían.

Tino se puso una camisa y se le erizó la piel al sentir los ojos de Miller en su espalda. Se quedó perplejo por el fuerte deseo que se apoderó de él, consciente de que la atracción era mutua.

–La próxima vez que te cambies de ropa hazlo en el cuarto de baño –dijo ella con voz tensa–. Y otra cosa, esta gente no son mis amigos. Uno es mi jefe y otro es un posible cliente, respecto al resto no creo que conozca a nadie.

–¿De cuánta gente estamos hablando?

–Creo que esta noche hay otros seis invitados. Mañana por la noche T.J. celebra que cumple cincuenta años y no tengo ni idea de la gente que vendrá.

–Yo creía que era un fin de semana de trabajo.

–A T.J. le gusta mezclar las cosas.

Tino se subió las mangas de la camisa y vio a Miller fruncir el ceño.

–¿Algún problema?

La pregunta hizo que Miller se pusiera en marcha y se acercara a su bolsa de viaje.

—Estaré lista en diez minutos.

Cinco minutos más tarde, Miller volvió a aparecer y se acercó al armario. Apenas se le notaba cambio alguno: pantalones negros de sastre, una blusa negra con lentejuelas y un cinturón estrecho de color rosa. Se sentó en el brazo del sillón y ahí se calzó un par de tacones.

El silencio era ensordecedor.

—¿Qué he hecho ahora? —preguntó él.

Miller lanzó un suspiro.

—Espero que, en estos momentos, no estés saliendo con nadie.

—¿Habría venido si estuviera saliendo con una mujer?

—No lo sé. ¿Lo harías?

—Voy a contestarte solo porque no nos conocemos y tú estás preocupada por el hecho de que soy una persona conocida. Nunca salgo con más de una mujer y nunca soy infiel.

—Bien. Yo solo... En fin, si me conocieras, sabrías que no me gustan las sorpresas.

—¿Por qué?

—Porque no, eso es todo —Miller miró hacia otro lado.

El modo en que había respondido le indicó que había toda una historia oculta en esas palabras.

—En fin, será mejor que bajemos ya —añadió Miller, que parecía como si se fuera a poner delante de un pelotón de fusilamiento.

Miller agarró un chal negro y, de repente, se detuvo, casi chocándose con él.

Tino sintió un súbito calor bajándole por el cuerpo

al agarrarle el codo para evitar que se cayera; y, a juzgar por la brusquedad con que Miller se apartó, se dio cuenta de que a ella el contacto le había afectado de la misma manera.

No se había imaginado que fuera a gustarle tanto esa mujer. Se recordó a sí mismo que nunca se involucraba con una mujer a punto de finalizar el campeonato.

Por eso no comprendía por qué no podía dejar de imaginar el sabor de sus besos.

Se separó de ella, fuera de la zona de peligro.

—Quizá debieras evitar no dar saltos de un metro cada vez que te toco —comentó él en tono irritado.

—Y tú quizá debieras evitar tocarme.

Unos grandes ojos de color aguamarina se lo quedaron mirando, y él perdió la capacidad de pensar.

Entonces, Miller parpadeó y se rompió el hechizo. «Contrólate, Ventura».

—Tienes unos ojos extraordinarios —observó Tino—. Algo fríos en estos momentos, pero extraordinarios.

—Me da igual lo que pienses de mis ojos. No eres sincero, así que no necesito halagos vacíos.

—¿Tienes por costumbre ser tan maleducada o es el efecto que yo te produzco?

Ella enderezó los hombros y dio un paso atrás.

—Yo... me siento incómoda. Este fin de semana es muy importante para mí. Dejé que Ruby me convenciera de que era buena idea que me acompañaras, pero habría preferido venir sola.

Tino se dio cuenta del malestar de ella.

—No te preocupes, todo saldrá bien. Piensa que somos un par de personas tratando de divertirse un fin de semana. Lo has hecho alguna vez que otra, ¿no?

—Naturalmente —respondió Miller con demasiada

rapidez, demasiado a la defensiva–. Lo que pasa es que jamás habría elegido a un hombre como tú para salir de fin de semana.

El comentario no le sentó bien, a pesar de saber que Miller no había tratado de ofenderle, que solo había sido sincera. No obstante, todo tenía un límite.

–¿Qué es exactamente lo que no te gusta de mí, Rayo de Luz? –preguntó Tino en tono de no darle importancia al asunto.

–Deberíamos bajar ya –contestó ella, eludiendo la pregunta de él.

Tino se cruzó de brazos.

–Estoy esperando.

–Perdona, no ha sido mi intención ofenderte. Además, yo tampoco soy tu tipo.

–Eres una mujer, ¿no?

–¿Es eso lo único que te importa?

El gesto de incredulidad de Miller le hizo sonreír.

–¿Debería importarme algo más?

Miller sacudió la cabeza.

–¿Lo ves? Por eso no eres mi tipo. Me gustan los hombres un poco más... más...

–Continúa. Esto se está poniendo interesante.

–De acuerdo. Eres arrogante, con aires de superioridad y te lo tomas todo a broma.

–¡Menos mal! Tenía miedo de que fueras a enumerar mis defectos.

Miller alzó las manos al aire y se alejó de él.

–¡Es imposible hablar contigo!

Con decisión, Miller se dirigió a la puerta de la habitación, la abrió y él la siguió, sin comprender cómo una mujer tan decidida a comportarse como un hombre podía oler tan bien.

Capítulo 4

CÓMO os conocisteis?

Miller tragó de golpe el trozo de pescado que llevaba masticando desde hacía cinco minutos y sintió que se le atravesaba en la garganta. Era la pregunta de la noche. Normal, ya que los invitados de T.J. debían de estarse preguntando cómo una asesora de empresas había logrado cautivar a Tino Ventura.

Por suerte, Tino había llevado el peso de la conversación la mayor parte de la velada y continuó en ese tono, pero ella se daba cuenta de que Tino se estaba cansando de tanto interés por su persona.

No obstante, dejó que las cosas siguieran en la misma tónica mientras se preguntaba si no sería conveniente simular una pelea con el fin de poder escapar a la habitación. No estaba a gusto; en parte, porque Dexter no dejaba de lanzarle miradas llenas de curiosidad, como si quisiera transmitirle sin palabras que no se creía eso de que ella estaba saliendo con un piloto de coches de fama mundial.

Lo peor de todo era que ya no podía negarse a sí misma que lo encontraba irresistible. No obstante, ella tenía planificados los siguientes diez años de su vida, plazo en el que iba a conseguir los objetivos que se había impuesto a sí misma, y no estaba dispuesta a permitir que un hombre la desviase de su plan.

Con discreción, Miller empujó la silla hacia atrás y se levantó para ir al baño. Después de cerrar la puerta con llave, se apoyó en ella, cerró los ojos y, ahora que no estaba al lado de Valentino, comenzó a calmarse.

Durante toda la velada, Valentino no había dejado de tocarla, tanto con suaves roces de las yemas de los dedos como con caricias en el brazo o en la espalda, haciéndola sentirse marcada.

Por fin, dándose cuenta de que no podía seguir escondida en el baño, Miller salió y se encontró a Dexter apoyado en la pared del pasillo, esperándola.

Miller no quería pensar que quizá las sospechas de Ruby de que a Dexter ella le gustaba fueran fundadas. Pero no había duda de que el comportamiento de Dexter hacia ella, de repente, era distinto de lo que había sido hasta la fecha.

—Vaya... así que Tino Ventura, ¿eh? —comentó Dexter moviendo una botella de cerveza que tenía en la mano.

Miller sonrió enigmáticamente a modo de respuesta.

—¿Sabías que tiene fama de ser un playboy?

—Uno no debería creer todo lo que lee en las revistas —contestó ella, aunque no dudaba de que hubiera algo de verdad en lo que Dexter había dicho.

Las mujeres solían enamorarse de tipos imposibles a los que esperaban reformar.

—No lo veo claro —insistió Dexter.

Miller achicó los ojos. Dexter era su jefe inmediato, pero en esos momentos no se estaba comportando como tal.

–Mi vida privada no es asunto tuyo, Dexter. ¿Querías algo más?

–Tu parte de la presentación que se supone que vamos a presentarle mañana a T.J.

–Te la envié por e-mail justo antes de salir de viaje para venir aquí.

–Un poco a última hora, ¿no?

A punto de preguntarle qué le pasaba, casi lanzó un grito al sentir la cálida mano de un hombre en la espalda y le dio un vuelco el corazón.

Sabía que su reacción iba a reafirmar las sospechas de Dexter respecto a su relación con Tino, pero no lo había podido evitar. Habría dado cualquier cosa por poder hacer lo que solía hacer de pequeña cuando se encontraba en situaciones incómodas: escapar a su habitación y ponerse a dibujar.

–Eh, Rayo de Luz, no sabía dónde te habías metido –el cálido aliento de Valentino le acarició la sien, y la mirada de él le encendió los labios cuando se clavó en ellos antes de ascender a sus ojos.

Aquello se le daba a Valentino increíblemente bien, pensó Miller tragando saliva. Era una lástima que a ella no le ocurriera lo mismo.

–Ah, estábamos hablando de trabajo. Nada importante –respondió Miller casi sin aliento.

–En ese caso, no importa si me quedo, ¿verdad?

–No, claro que no –Miller sonrió a Dexter como si su mundo fuera perfecto. Cualquier cosa antes que mirar a Valentino.

–Así que, según mis cálculos, os conocisteis justo antes del accidente casi mortal de Tino este verano pasado en Alemania –dijo Dexter mirando a uno y a otro–. Es extraño, no recuerdo haber autorizado que hicieras un viaje a Europa en... ¿en agosto? De hecho, no sé cuándo fueron tus últimas vacaciones, Miller.

«¿Casi mortal?».

Los ojos de Miller volaron al relajado rostro de Valentino y, demasiado tarde, se dio cuenta de que ella sabría todo lo del accidente si realmente estuvieran saliendo juntos.

–Cuando nos conocimos, Miller no estaba de vacaciones –respondió Valentino como si nada–. Nos conocimos cuando yo estaba de vuelta en Australia, recuperándome.

Dexter frunció el ceño.

–Creía que pasaste la convalecencia en París. ¿No es tu segundo hogar?

–Mi segundo hogar es Mónaco.

Miller notó que no había contestado exactamente a la pregunta de Dexter. Muy listo.

–Dime, ¿a qué le achacas la racha de mala suerte por la que estás atravesando desde que te recuperaste del accidente?

–Siempre agrada contar con el apoyo de los aficionados como tú al deporte, Caruthers –dijo Valentino en tono suave, pero Miller sintió sudor en las axilas.

Miller trató de mantener una expresión neutra, pero el pánico amenazaba con apoderarse de ella.

–Soy aficionado a los deportes de verdad –la botella de cerveza pareció a punto de caérsele–: el fútbol, el rugby, el boxeo...

Valentino sonrió de un modo que hizo que el comentario de Dexter pareciera tan infantil como realmente era.

Imperturbable, Dexter continuó con el ataque.

–Y, por supuesto, sabes que Miller no es aficionada a ningún deporte, ¿no?

–Algo que pretendo cambiar después de que me vea correr en Melbourne el fin de semana que viene.

Miller se sintió como una extra en una mala obra de teatro, y se preguntó por qué estaban hablando de ella como si fuera un objeto.

–Ah, sí, la carrera del siglo –comentó Dexter irónicamente.

–Eso dicen –respondió Tino con una sonrisa.

Pero Miller podía sentir la tensión de él, sabía que no estaba tan relajado como quería aparentar. Y no le extrañó. No era fácil aguantar el interrogatorio de Dexter.

–Tendrás que ponerte tapones en los oídos, Miller. El ruido en la pista es ensordecedor –dijo Dexter.

–Yo cuidaré de Miller –comentó Valentino–. Y otra cosa, harías bien en no creer todo lo que lees en Internet, Caruthers. Mi vida privada es exactamente eso, privada.

Las palabras de Valentino habían sido una advertencia, y ella se lo quedó mirando, sorprendida por la gravedad y agresividad de su voz. Y algo le dijo que ese hombre, cuando quería, era peligroso.

¿Y por qué Dexter había hablado como si tuviera con ella una relación más personal que la que se suponía que tenían Valentino y ella?

En ese momento, T.J. apareció en escena.

–¡Aquí está el invitado de honor! –exclamó con los ojos fijos en Valentino.

¿Invitado de honor? ¿Desde cuándo?

No obstante, de algo se alegraba: T.J. había dejado

de prestarle atención. Su veneración por Valentino se había impuesto al interés sexual por ella.

Ignorándola casi por completo, T.J. se puso a hablar del nuevo coche que había comprado y que estaba esperando a que le entregaran. Y ella lanzó un suspiro de alivio.

En ese momento, el móvil que llevaba en el bolso sonó. Miller miró la pantalla y, al ver que era Ruby, se disculpó y se alejó del grupo para contestar.

Salió al jardín japonés a hablar con su amiga y dejó que el perfume de las gardenias la envolviera.

Tino se quedó mirando a Miller, que bajaba unos escalones y echaba a andar por el rocoso sendero que daba a la piscina.

Dexter se rio por algo que T.J. había dicho y, al mirarle, Tino se dio cuenta de que él también estaba observando a Miller en la distancia. En realidad, llevaba toda la noche así. Incluso un ciego se daría cuenta de que había habido algo entre los dos. Y se preguntó si Miller no le había necesitado a él para algo más que para detener los ataques lascivos de su cliente. Quizá le necesitaba para encubrir una relación secreta con su jefe, con Dexter.

Había oído que Dexter estaba casado. Él, de familia italiana, no aprobaba las relaciones extramaritales.

Consideró la posibilidad de que Dexter y Miller tuvieran relaciones y no le gustó el ataque de celos que le sobrevino.

¿Era por eso, porque tenía relaciones con Dexter, por lo que Miller daba un respingo cada vez que él la tocaba? ¿Era porque no quería que su novio de verdad se pusiera celoso? De ser así, Miller se iba a enterar de que a él no le gustaban esa clase de juegos.

Tino vació la copa de vino que tenía en la mano, la dejó encima de la mesa más cercana y salió al jardín.

Miller debió de oírle a sus espaldas y se volvió.

—He salido al jardín porque quería estar sola —declaró ella alzando la barbilla.

—¿Tienes relaciones íntimas con Caruthers?

—¿Qué?

Miller parecía sinceramente escandalizada, pero tenía que saber que esa era una línea que él no iba a cruzar.

—Porque si tienes relaciones con él, se acabó el teatro.

Los increíbles ojos de Miller se achicaron.

—Claro que no tengo relaciones con Dexter. Pero, aunque las tuviera, no es asunto tuyo.

—Te equivocas, Rayo de Luz. Es asunto mío este fin de semana.

Miller sacudió la cabeza.

—Tonterías.

Tino sintió una gran irritación, tanto por su atracción hacia ella como por la actitud altanera de Miller.

—Y si no hay nada entre Caruthers y tú —insistió Tino—, ¿por qué se comporta como un novio celoso?

—¿Por qué lo estás haciendo tú?

—Porque es mi papel. Al menos, en eso habíamos quedado. Y ahora, responde a mi pregunta.

La mirada de ella se tornó cansada de repente.

—No sé qué le pasa a Dexter, excepto que no cree que tú y yo estemos juntos.

Tino se la quedó mirando.

–No me sorprende.

Miller le miró con expresión irritada.

–¿Por qué? ¿Porque no soy como las otras mujeres con las que sales?

–Porque te sobresaltas cada vez que te toco.

–No es verdad –Miller se sonrojó–. Pero si lo hago es porque no me gusta que me toques.

–Se supone que soy tu novio. Se supone que debo tocarte.

–No en una reunión de trabajo –Miller frunció el ceño.

Esa mujer le exasperaba.

–En cualquier sitio –la corrigió él bajando la voz porque se daba cuenta de lo mucho que le gustaba tocarla, de lo mucho que deseaba tocarla en esos momentos.

Increíble.

–Yo no hago esas cosas –dijo Miller apresuradamente.

La vio lamerse los labios, vio ese suculento labio inferior brillar irresistiblemente.

Valentino se metió las manos en los bolsillos posteriores de los vaqueros y clavó los ojos en los de ella.

–Si quieres que crean que somos una pareja vas a tener que seguirme el juego y hacer lo que yo diga, porque salta a la vista que tú no tienes ni idea de lo que es una relación amorosa.

Los ojos de Miller echaron chispas.

–Si me conocieras un poco y fuéramos una pareja, sabrías que no me gustan las demostraciones de afecto en público.

–Lo siento por ti, Miller, porque a mí sí me gustan –lo que no era del todo cierto.

–Escucha –le dijo ella señalándole con un dedo, igual que hacía su madre al sorprenderle de pequeño haciendo alguna travesura–, quien manda aquí soy yo. Y si no me sigues el hilo, vamos a acabar poniéndonos en evidencia.

Tino se pasó una mano por el cabello y volvió la cabeza al oír a los invitados charlando no lejos de ellos.

–¿No me digas?

–Sí, claro que te digo –Miller se cruzó de brazos–. Sé perfectamente lo que me hago.

–Estupendo. Porque cualquiera que te esté viendo en estos momentos sacando las uñas como una tigresa pensará que estamos teniendo una pelea de enamorados.

–Pues sí, estupendo –Miller le dedicó una fría sonrisa, como satisfecha de haberle puesto en su sitio–. Hará que nuestra relación parezca completamente auténtica.

Valentino, sin poder contenerse, le invadió el espacio personal y la agarró por los codos, contento de ver cómo se le agrandaban los ojos.

–¿Qué haces? –preguntó ella en un furioso susurro.

«Eso, ¿qué haces, Ventura?».

–Prestarle autenticidad a nuestra relación –contestó Valentino.

Antes de que Miller pudiera responder, él se aprovechó de que había abierto la boca y se la selló con la suya en un beso que era más castigo que placer.

O así debería haber sido. Hasta que Miller, estúpidamente, trató de zafarse y él tuvo que ponerle una mano en la nuca y la otra en las nalgas para retenerla.

Se entregó a él. Los suaves pechos de Miller estaban pegados a su torso, los pezones, duros como piedras. Los dos se quedaron perplejos. Ella cerró los ojos y lanzó un suave gemido, rindiéndose. A él el deseo le ardió por las venas.

Aunque le hubieran amenazado con una pistola, Valentino no habría podido dejar de arrasar aquella boca. Llevaba todo el día preguntándose si sabría tan bien como prometía el aroma de ella y ahora ya conocía la respuesta.

Mejor.

Mucho mejor.

Tenía que poseerla. Ahí. En ese momento.

Le acarició las nalgas, los muslos... La estrechó contra sí con el fin de acoplarse en el tentador vértice de su cuerpo. Sintió los dedos de ella revolverle el cabello, sus femeninas curvas frotándose contra él.

Tino lanzó un gruñido de placer... y casi estalló al oír a alguien a sus espaldas aclararse la garganta.

Separó la boca de la de ella y tardó unos segundos en alzar las manos para quitarse del cuello los brazos de Miller. Ella protestó con un gemido y, despacio, abrió unos ojos nublados por la pasión. Y él sabía que, cuando Miller recuperara el sentido, se pondría furiosa.

—Rayo de Luz, tenemos compañía —le susurró él, con la entrecortada respiración acariciando el cabello de ella.

Valentino esperó a que Miller recuperara la compostura antes de volverse hacia la persona que se hallaba detrás de ellos. Estaba seguro de que era Caruthers.

Miller miró a Valentino con perplejidad. Se había entregado al beso hasta el punto de perderse en él y olvidarse de que estaban en público.

Nadie la había besado así jamás, y sabía que habría seguido de no ser por la interrupción de Dexter. Habría seguido y habría hecho el amor con Valentino ahí mismo, en medio del jardín.

Sin querer pensar en lo que Valentino la hacía sentir, dio un paso atrás.

–Dexter...

–¿Quieres algo, Caruthers? –la interrumpió Valentino.

Miller cerró los ojos por la brusquedad de la pregunta de Valentino. Y, en ese momento, deseó que se la tragara la tierra.

–He venido a decirle a Miller que T.J. ha abierto el champán en la sala de música. Como hemos venido aquí por motivos de trabajo, para conseguir hacer de T.J. nuestro cliente, sería prudente que ella estuviera presente.

Miller se alisó la ropa y se alejó de Valentino, decidida a que Dexter no notara lo incómoda que se encontraba.

–Sí, por supuesto –contestó ella.

–Bien. Os dejo para que os recuperéis –dijo Dexter en tono tenso.

Dexter estaba claramente disgustado con ella, y tenía motivos para estarlo, pensó Miller. Había ido allí a trabajar y, aunque se suponía que Valentino y ella eran amantes, eso no disculpaba su comportamiento.

No obstante, algo positivo había salido de aquello. Ahora, Dexter debía de estar convencido de la autenticidad de su relación con Valentino.

Capítulo 5

MILLER desdobló una manta y la extendió en el suelo de la habitación.

–¿Qué haces?

Miller alzó los ojos y vio a Valentino apoyado en el marco de la puerta del cuarto de baño, observándola. Iba solo con los vaqueros negros, desabrochados, y tenía los brazos cruzados sobre el pecho desnudo.

–¿Le pasa algo a tu camisa? –preguntó ella, y se maldijo a sí misma al verle sonreír traviesamente.

–No, nada. Lo que pasa es que no duermo con camisa.

Miller arqueó las cejas.

–Por suerte, te acuestas con vaqueros.

–No.

Valentino enarcó las cejas al verla desdoblar una segunda manta que ella había agarrado de los pies de la cama para extenderla sobre la otra.

–Repito, ¿qué haces?

–Estoy haciéndome la cama. ¿Es que no lo ves?

Valentino parecía aburrido.

–Si tienes miedo de que me lance sobre ti, tranquilízate. La bata que llevas mataría la pasión de cualquier hombre.

Miller se puso en pie y se acercó al armario para

sacar una almohada. Se alegraba de que a Valentino no le gustara su bata guateada, regalo de su difunto padre y muy usada.

Al pensar en su padre se acordó del día en que sus padres se separaron. Por aquel entonces ella tenía diez años y, aunque se habían mostrado muy civilizados el uno con el otro, ella se había sentido confusa y mal. Después, su madre y ella se trasladaron de Queensland a Victoria, y su mundo, de acogedor y seguro, había pasado a ser impredecible y desgraciado.

—¿O tienes miedo de no poder contenerte después del beso que te he dado? —preguntó Valentino.

Miller le lanzó una mirada de desprecio y volvió a la cama que se estaba preparando en el suelo. No iba a inflarle el ego respondiendo a su provocación.

En poco tiempo los sólidos cimientos de una vida que le confería seguridad se estaban tambaleando, y no iba a permitir que un atractivo piloto de coches que no se tomaba nada en serio estropeara sus planes de futuro. Porque ella sabía que la vida no era un juego y, cuando las cosas iban mal, solo se podía contar con uno mismo.

Había aprendido esa dura lección en el elegante internado en el que había estudiado, donde su opinión era mucho menos importante que su falta de dinero. Las adolescentes podían ser muy crueles a veces, pero ella no había querido disgustar a su madre y decirle que lo estaba pasando muy mal en el colegio. Su madre había necesitado dos trabajos para darle a ella buenos estudios, y ella se había tragado su soledad y el desprecio de sus compañeras, decidida a no desilusionar a su madre.

–Si crees que voy a dormir en el suelo, Rayo de Luz, te equivocas.

El tono arrogante de Valentino la sacó de su ensimismamiento.

Por fortuna, ese problema no existía, pensó ella mientras ahuecaba la almohada.

–No te preocupes, no vamos a discutir por eso.

Tino se quitó los pantalones vaqueros y se metió en la enorme cama. Después, lanzó un exagerado suspiro de satisfacción tras comprobar la blandura del colchón. Se dijo que era mejor disfrutarlo todo lo que pudiera, consciente de que Miller no iba a tardar mucho en ordenarle que se levantara de ahí y se acostara en el suelo. Y lo haría, cuando se lo pidiera «por favor». Dos palabras que Miller casi nunca pronunciaba.

Sonrió traviesamente. Estaba seguro de que Miller no se haría mucho de rogar y le pediría por favor que se acostara en el suelo.

Sintió satisfacción al verla acercarse a la puerta de la habitación y darle al interruptor de la luz con fuerza, como si se imaginara que era su cabeza. Pero entonces Miller hizo algo completamente inesperado: se despojó de la bata y se metió en la cama que había preparado en el suelo.

Y eso le hizo sentirse un perfecto idiota.

–¿Has ido alguna vez a que te midieran los niveles de testosterona? –preguntó él a regañadientes.

–¿Qué te pasa, Valentino? ¿Te duele que no caiga rendida a tus pies?

«Sí, era la verdad y tenía que reconocerlo».

–¿Tanto te ha gustado el beso? –preguntó él.

–No me acuerdo.

La oyó fingir un bostezo y él sacudió la cabeza.

–¿Necesitas que te lo recuerde?

–Ni en broma –contestó ella al instante.

Y a él le gustó el vigor de la protesta.

Se quedó mirando un rato al techo. Oyó el roce de las mantas en el suelo y apretó los dientes. Esa mujer se estaba portando de forma ridícula. Se preguntó si llevaría algo de encaje, algo parecido al tanga de color rosa que colgaba del toallero del cuarto de baño. También estaba seguro de que Miller no lo había dejado ahí intencionadamente.

Habría preferido no haber descubierto que Miller se inclinaba por la ropa interior de encaje.

–Me gusta el tanga que has dejado en el cuarto de baño –dijo él, incapaz de contener las ganas de hacerla enfadar tanto como él lo estaba.

–Si te gusta, te dejo que te lo pongas –contestó ella tras una breve pausa.

Tino lanzó una suave carcajada. Esa mujer tenía contestaciones para todo. Y no, no quería ponérselo, pero no le habría importado quitárselo a ella, bajárselo por las piernas y ver los pequeños rizos que estaba seguro se escondían bajo las bragas de Miller.

Se la imaginó desnuda y mojada, presa de la misma pasión que se apoderaba de él...

Respiró hondo con el fin de relajarse.

Media hora más tarde, Tino bajó la mirada, clavándola en Miller, que dormía con las manos debajo del rostro y el cabello desparramado por la almohada. Las ojeras atestiguaban lo cansada que estaba.

Con cuidado de no despertarla, Tino se agachó, le quitó la manta que la cubría... y se quedó muy quieto.

Estaba tumbada medio de lado medio boca abajo, con una pierna doblada provocativamente. Llevaba una camiseta de dormir y unos pantalones haciendo juego. No era el pijama más seductor que había visto y, sin embargo, captaba toda su atención.

Deseaba acariciarla y, con un gruñido, cerró los ojos. Se sentía como un adolescente incontinente. El deseo sexual le atrofiaba el sentido común. Durante un momento, estuvo a punto de tumbarse encima de ella.

Por fin, se recordó a sí mismo el motivo por el que le había quitado la manta.

Con cuidado, Tino se agachó, la tomó en sus brazos y la llevó a la cama. Miller se movió y gimió en sueños. La oyó decir algo ininteligible y después la vio suspirar al acurrucarse en la cama.

Rápidamente, Tino la cubrió con las mantas. Después, miró al otro lado de la cama, vacío y grande. Estaba cansado y, aunque había pensado en acostarse en el suelo, se dio cuenta de que no tenía por qué hacerlo. Esa cama era casi tan grande como la piscina del jardín. Si los dioses se ponían de su lado, estaría corriendo por la playa antes de que ella se despertara.

No obstante, colocó unas almohadas para separar la cama en dos mitades. Mejor evitar la tentación.

–Ah... sí... –gimió Miller con voz suave, sintiendo la aspereza del vello de un muslo entre los suyos y una mano callosa cubriéndole un pecho. La mano la apretó suavemente mientras otra mano le recorría el muslo hacia...

¡Demonios!

Al abrir los ojos, Miller se encontró con el rostro adormilado de Valentino Ventura. Ya no estaba en el suelo, sino en la cama, con una mano de Valentino en un pecho y la otra en una nalga.

Miller lanzó un quedo chillido y le empujó para apartarlo.

Valentino abrió los ojos y, adormilado, se la quedó mirando.

—Quítame las manos de encima —Miller, con esfuerzo, trató de hacerle retirar las manos.

Por fin, ya despierto, Valentino cedió.

—No es necesario que hagas sonar la alarma, estaba dormido.

Miller se subió las mantas hasta la barbilla.

—Estabas prácticamente encima de mí.

—Lo siento.

—Sí, ya. Dime, ¿cómo es que he acabado en la cama?

Valentino se colocó las manos debajo de la cabeza y ella deslizó una furiosa mirada por los fuertes brazos y el musculoso pecho. Y su cuerpo reaccionó al instante.

—No lo sé, Rayo de Luz —respondió él—. ¿Eres sonámbula?

Miller achicó los ojos e hizo memoria...

—Me trajiste tú a la cama.

Valentino bostezó y se incorporó ligeramente hasta apoyarse en el cabecero. La manta se le bajó a la cintura y el sol matutino le bañó el bronceado pecho y el esculpido abdomen.

—¡Vaya, a ver si voy a ser yo el sonámbulo!

—No tiene ninguna gracia. Esto es abuso sexual.

Valentino alzó los ojos al cielo.

–Si no me equivoco, has sido tú quien se ha acurrucado contra mí, no al contrario.

–Yo no he hecho semejante cosa.

–Lo que tú digas. Pero anoche coloqué unas almohadas en mitad de la cama, de separación, y sé que no he sido yo el que las ha retirado. Además, he apartado las manos tan pronto como me lo has pedido –Valentino extendió y dobló una pierna y añadió–: No debo olvidar no hacerte favores.

–¡Ya, favores! Lo que querías era... era...

–¿Hacer travesuras contigo? –los ojos de él brillaron–. Si lo hubiera querido lo habríamos hecho.

–Ni en sueños.

–¿Quieres que te lo demuestre, Miller?

Ella no se dignó a responder. ¿Por qué iba a hacerlo? Y menos sabiendo lo mucho que le había gustado la proximidad con él.

–No podía permitir que durmieras en el suelo –añadió Valentino–. Así que acéptalo.

–Date la vuelta –le ordenó ella.

Valentino la obedeció y Miller se levantó como una bala. Rápidamente, agarró la bata y se dirigió al cuarto de baño.

–Y para tu información –dijo ella deteniéndose en la puerta–, el trato que hemos hecho no incluye el sexo. Serías el último hombre con el que yo me acostaría.

–No haces más que repetirte –comentó él, como si pudiera leerle el pensamiento.

Los ojos de Valentino se clavaron en los suyos y a Miller le resultó difícil respirar. El aspecto de Valentino, con barba incipiente y el pelo revuelto, era irresistible y peligroso. Todo lo contrario que ella, que debía de parecer un conejo asustado. Nunca se había sentido tan vulnerable.

Miller sacudió la cabeza.

—Estás demasiado acostumbrado a salirte con la tuya.

Valentino retiró la ropa de la cama y se puso en pie. Solo llevaba unos diminutos calzoncillos y, rápidamente, Miller apartó la mirada. Y cuando él se echó a reír, se sintió irracionalmente enfadada.

Valentino se le acercó y ella le sostuvo la mirada intencionadamente, negándose a reconocer cómo le afectaba su potente virilidad.

—De acuerdo, tenía la mano en tu pecho, pero el gemido que lanzaste me indicó que te gustaba —comentó Valentino sacudiendo la cabeza—. Y mucho.

Miller se negó a contestar y, enfurecida, se volvió, entró en el baño y cerró de un portazo.

Ese hombre era imposible. Era sumamente arrogante y pagado de sí mismo.

Sí, imposible. E imposiblemente atractivo.

Se apoyó en la puerta y suspiró. No le extrañaba que las mujeres hicieran cola a la puerta de las habitaciones de los hoteles en los que se hospedaba con la esperanza de verle en carne y hueso. Ese hombre era un símbolo sexual y lo sabía.

Miller apretó los dientes cuando le cosquillearon los pechos al recordar el placer de sentir la mano de Valentino en ellos. Rápidamente, se puso unos pantalones cortos, un sujetador deportivo y una camiseta. Lo que necesitaba era correr un rato antes de reunirse con Dexter y T.J.

Respiró hondo para darse ánimos y, al abrir la puerta, se encontró a Valentino sentado en la cama atándose los cordones de las zapatillas de deporte y vistiendo una ropa similar a la suya.

–No me digas que vas a ir a correr.

Valentino alzó la cabeza.

–¿Hay alguna ley que lo prohíba?

Inmediatamente, Valentino se fijó en el atuendo de ella mientras se acercaba al armario.

A Miller le habría gustado poder contestar afirmativamente, pero no era justo. Además, ese hombre estaba allí para hacerle un favor, ¿quién era ella para decirle que no podía ir a correr?

–No, claro que no –reconoció Miller, consciente de que él estaba infinitamente más en forma que ella y de que jamás sugeriría que fueran juntos a correr.

–¿Te gusta correr? ¿Lo haces con frecuencia? –preguntó Valentino.

Miller notó el tono conciliatorio empleado por él.

–Un par de veces a la semana. ¿Y tú?

–Salgo a correr todas las mañanas excepto los domingos.

No quiso preguntarle qué hacía los domingos por la mañana. Tenía miedo de que sus hormonas le ordenaran hacer algo más que imaginarlo.

Valentino ladeó la cabeza con una traviesa sonrisa.

–Un descanso por buen comportamiento.

Sin saber por qué, la respuesta la hizo sonreír.

–Me parece que debías de ser la clase de adolescente que se escapaba por la ventana de la habitación cuando tus padres dormían y te pasabas la noche de juerga.

–En mi casa se llamaba ir a pasar la noche estudiando con un amigo.

La expresión seria de Valentino la hizo echarse a reír.

Pero cuando se dio cuenta de que los dos se estaban riendo, se puso seria otra vez. Porque no quería pasarlo bien con él.

No obstante, habían establecido una conexión y eso la puso nerviosa. Un repentino impulso de agarrarle la mano, colocársela sobre el pecho y besarle la cegó.

—Hace una mañana preciosa. ¿Por qué no vamos a la playa a hacer unos estiramientos antes de ponernos a correr? —sugirió Valentino.

Miller se aclaró la garganta.

—Me parece que no deberíamos correr juntos.

Valentino se la quedó mirando.

—¿Qué crees que van a pensar si nos ven corriendo en direcciones opuestas?

Nada bueno.

Miller se pasó una mano por la frente. Después, clavó los ojos en las musculosas piernas de Valentino salpicadas de vello negro.

—Vamos, Miller, ¿de qué tienes miedo?

De él, por supuesto. De sus propios sentimientos. De...

—Estoy segura de que corro más despacio que tú —murmuró Miller.

—Te lo perdonaré —respondió Valentino con voz queda.

Miller suspiró. Una de las cosas buenas que tenía era reconocer el momento en que debía darse por vencida. No obstante...

—De acuerdo, pero no me hables. No soporto correr y hablar simultáneamente.

Capítulo 6

HACÍA una mañana preciosa. Tranquila. El aire era fresco, pero el sol ya empezaba a calentar en un cielo completamente azul, y se respiraba la sal de la brisa marina. Había unas gaviotas sobrevolando y las olas del mar bañaban la playa en un continuo ondear.

La playa se curvaba ligeramente y acababa en un montículo rocoso. La zona estaba muy poco poblada y se hallaba completamente vacía a esas horas.

Después de unos cuantos estiramientos, Miller comenzó a correr a un ritmo de trotecillo, convencida de que Valentino se aburriría de ir tan despacio y la adelantaría. Pero no fue así. Y entonces Miller recordó haberle visto doblar y estirar la pierna, dañada por el accidente.

—¿Te duele la rodilla? —le preguntó ella.

—No, no me duele —respondió Valentino.

Ninguno de los dos dejó de correr.

—¿Fue muy grave el accidente?

Al ver que Valentino no respondía, Miller le miró de reojo y le vio ponerse tenso.

—¿Cuál?

—¿Has sufrido más de un accidente?

Valentino miró en dirección al mar y ella pensó que no iba a contestarle.

–Con el de este año, son tres.

Miller no sabía si, en la profesión de él, eso era mucho o no. Suponía que debían de estrellarse constantemente.

–El accidente en el que te hiciste daño en la rodilla.

–Bastante grave –contestó Valentino negándose a mirarla.

Y a Miller le resultó extraño que hubiera perdido su acostumbrada elocuencia.

–¿Fuiste tú solo o hubo alguien más en el accidente?

–Sí.

–¿Por qué...?

–¿No habías dicho que no te gusta hablar y correr al mismo tiempo?

Estaba claro que Valentino no quería hablar del accidente, así que dejó de hacer preguntas. Pero, por supuesto, sentía curiosidad. Dexter había mencionado que la carrera de la semana siguiente iba a ser la carrera del siglo, lo que la hizo preguntarse si no sería por algo relacionado con el accidente. Lo cierto era que sabía muy poco de Valentino Ventura, a excepción de que era un piloto de carreras y un mujeriego. Pero no podía evitar querer descubrir qué se escondía detrás.

Era la primera vez que Tino corría con otra persona. No lo hacía ni con su entrenador. Meditaba mientras corría y le gustaba hacerlo solo, y le sorprendía disfrutar de hacerlo en compañía de Miller.

A pesar de proceder de una familia numerosa, le

gustaba estar solo. Quizá no de siempre, pero sí desde la muerte de su padre. Si llegara a morir como lo había hecho su padre, tensando la cuerda al máximo, y como le había ocurrido a Hamilton Jones el agosto pasado, al menos él no dejaría detrás a toda una familia.

Se acordó de la esposa y las dos hijas de Hamilton durante el funeral, llorosas y acusándole inintencionadamente con la mirada porque él había sobrevivido.

Y sí, él sentía la culpabilidad del superviviente.

El médico del equipo le había advertido que podría ocurrirle. Y, aunque él nunca había admitido sentirse culpable, temía que le ocurriera a nivel inconsciente. Pero también sabía que ese sentimiento acabaría desapareciendo si no pensaba en ello; sobre todo, porque el accidente no había sido culpa suya. Hamilton había intentado adelantarle en una de las curvas más fáciles del circuito, pero se había enganchado a la rueda trasera de su coche, se había salido de la pista y le había hecho salirse a él también.

Hamilton había perdido la vida. Él, en cambio, había perdido las tres carreras siguientes por la lesión. Para colmo, había tenido que abandonar en las últimas dos carreras debido a fallos mecánicos en el coche.

Valentino no era supersticioso y no creía en la mala suerte, pero no podía negar estar pasando por una mala racha.

Un recuerdo le vino de repente a la cabeza: su madre saliendo del cuarto de baño y él, con el corazón encogido, diciéndole que su marido, el amor de su vida, había muerto en un terrible accidente durante la carrera. Nadie sabía qué había provocado el accidente, si se había debido a un fallo mecánico o a un error humano, pero los miembros del equipo habían dicho que su padre no parecía el mismo aquella mañana y él recordaba haberle oído decir a su madre, hablando con su padre, que no corriera ese día. Sin embargo, su padre había ignorado los consejos de ella.

Tino se pasó una mano por el cabello y, volviendo la atención de nuevo hacia Miller, reconoció haberle sorprendido no tener que aminorar demasiado la marcha para que los dos pudieran seguir corriendo juntos.

Esa mañana, en la cama, no había tenido intención de tocarle los pechos, y decidió tratar de comportarse como ella quería que lo hiciera. ¿Qué más daba si Miller le gustaba a Caruthers? No era asunto suyo, tal y como Miller le había dicho. Ahora que sabía que no le estaba utilizando para encubrir una relación con Caruthers, no debía importarle lo que ese hombre quisiera de ella.

¿Habían tenido relaciones en el pasado?

Prefirió no seguir por ese camino y desvió la mirada hacia las cristalinas y azules aguas del mar. Aquella costa le recordaba algo su casa de Phillip Island, cerca de Melbourne, aunque el mar allí tenía unos diez grados menos de temperatura y era cien veces más bravo.

Miller dejó de correr y se puso a caminar con los brazos en jarras.

—Puedes seguir corriendo si quieres —dijo ella jadeante.

Tino la miró de reojo. Sí, podía seguir corriendo solo, pero no quería hacerlo. Lo que quería era dejar de pensar en el pasado y hacerla sonreír. Como la había visto sonreír en la habitación. Se preguntó qué le gustaba hacer a Miller en sus ratos de ocio y también qué demonios le importaba a él eso.

—¿Entrenas mucho? —preguntó Tino.

Miller le miró y él se puso tenso al ver los ojos de ella fijos en su estómago porque él se había subido la camiseta para secarse el sudor de las cejas. Sabía que le gustaba a Miller, quizá tanto como ella a él, pero también sabía que era una estupidez hacer algo respecto a esa atracción mutua. Y aunque su cuerpo le exigía satisfacción, su cuerpo no era más que un instrumento de su mente, no al contrario.

—Voy al gimnasio tres veces por semana y los fines de semana intento ir a correr por la playa de Manly.

—¿Haces levantamiento de pesas?

—Sí, un poco, pero pesas ligeras. Pero esta semana no he podido ir al gimnasio debido al exceso de trabajo, así que el lunes, cuando vaya, voy a estar algo anquilosada.

—Haz un poco ahora.

Miller paseó la mirada por el mar y por la arena de la playa.

—Lo siento, pero no veo ninguna máquina con pesas por aquí.

Tino sonrió.

—Se pueden hacer muchas cosas sin necesidad de máquinas. Créeme, es parte de mi trabajo. ¿Por qué no empezamos con unos ejercicios abdominales?

Tino se tumbó en la arena y comenzó a levantar el cuerpo, sin apoyarse en los brazos, hasta dar en las rodillas dobladas con la cabeza. Hizo veinte de esas flexiones y, de reojo, vio que ella seguía su ejemplo. No sabía por qué, pero le produjo un gran placer.

Miller hizo abdominales durante un minuto y luego se quedó completamente tumbada en la arena.

—Llevo ya tiempo corriendo, pero hace poco que he empezado a ir al gimnasio —explicó Miller.

—Bien. Ahora tocan sentadillas.

Miller lanzó un gruñido.

—Las sentadillas no me gustan nada.

—Solo les gustan a los levantadores de pesas, pero hay que hacerlas. Venga.

Miller se puso en pie con agilidad y él no pudo apartar los ojos de los tonificados muslos de ella mientras separaba las piernas.

—Mantén los brazos levantados mientras te agachas. Y saca pecho —Tino se aclaró la garganta y trató de pensar en la técnica en vez de acordarse de los endurecidos pezones de ella—. Aprieta los glúteos y, al levantarte, abre las caderas.

Si seguía así iba a tener que lanzarse al agua.

—¡Vaya, entrenador personal gratis! —exclamó Miller sonriendo, pero sin dejar de hacer ejercicio.

—Mi misión es complacer —contestó él devolviéndole la sonrisa.

—¿Y ahora, qué? —preguntó Miller respirando hondo y sacudiendo las piernas.

Tino se llenó de aire los pulmones y dirigió un par de ejercicios más. Después, le llegó el turno a la flexión de codos.

Miller hizo una mueca.

—¡Genial! Estás dando en el clavo, mis ejercicios preferidos.

Pero se tumbó boca abajo en la arena y comenzó a hacer flexiones... pero doblando las rodillas.

—Así no se hacen las flexiones.

–Así las hago yo –después de veinte flexiones, Miller se rindió y se tumbó boca arriba–. Vale ya. No puedo más.

Los rayos del sol confirieron un brillo rojizo al cabello de Miller, con las hebras de las sienes oscurecidas por el sudor. Tenía las mejillas sonrosadas por el ejercicio y el pecho...

«Déjalo, Ventura, no sigas».

Miller volvió la cabeza hacia él y sus ojos azul mar brillaron.

–¿No hay *press* de banca? ¡Qué pena!

Tino, sentado en la arena al lado de ella, sonrió. Al parecer, Miller tenía sentido del humor.

De repente, no se pudo contener. Se incorporó y se colocó encima de Miller sin llegar a tocarla.

Ella abrió mucho los ojos.

–Valentino, ¿qué haces?

Le gustaba que Miller le llamara Valentino, que no utilizara el diminutivo.

–Hacer que se cumplan tus deseos. Yo seré tu *press* de banca –respondió él, con la esperanza de que Miller no hubiera notado que estaba completamente endurecido.

–No digas tonterías.

Valentino bajó el cuerpo hacia el de ella.

–Pon las manos en mis hombros –ordenó él.

Miller le obedeció y él apenas pudo contener el temblor que le recorrió el cuerpo.

Miller tragó saliva.

–Es imposible, eres demasiado grande –declaró ella, pero sin quitar las manos de los hombros de él.

Sus miradas se encontraron, la tensión sexual era casi palpable.

Miller se equivocaba, aquello no era una tontería.

–Diez veces. Vamos.

Miller, con las manos en sus hombros, empujó hacia arriba y él, mentalmente, pensó en todos y cada uno de los componentes del motor de un coche. El cálido aliento de ella le acariciaba la garganta y él no se atrevía a mirar nada que no fuera la arena de la playa.

¿Por qué se le había ocurrido semejante estupidez?

Y, cuando la sintió dejar de empujar, cometió el error de mirarla y ver en los ojos de ella puro deseo.

–Valentino... –gimió Miller mirándole la boca.

Como respuesta a la ronca plegaria, Valentino bajó la cabeza y le cubrió la boca con la suya.

Miller sintió todos y cada uno de los centímetros del endurecido miembro de Valentino. Le ardía el cuerpo, el olor y el sabor de él la tenían mareada. La razón la había abandonado, el placer de su cuerpo reinaba. No podía contener la excitación sexual que se había apoderado de ella.

Impaciente, con un deseo desconocido hasta entonces, le acarició la espalda, deslizando las manos por debajo de la sudada camiseta.

Valentino lanzó un gruñido de placer y, con los codos a ambos lados del rostro de ella, le puso las manos debajo de la cabeza mientras continuaba saqueándole la boca.

Y lo que Miller sintió en la entrepierna rayaba el dolor.

Le sintió acariciarle el pecho y lanzó un gemido. Tiró de Valentino hacia sí y le sintió sonreír antes de que los labios de él le recorrieran la mandíbula y la garganta.

—Por favor, Valentino... —suplicó ella.

El cuerpo le pedía una satisfacción que jamás había experimentado en el acto sexual, algo que ahora parecía realmente posible. E infinitamente deseable.

Obedeciéndola, Valentino comenzó a pellizcarle un pezón al mismo tiempo que le mordisqueaba la garganta.

Miller lanzó un grito y se agitó bajo el peso de Tino. Sentía fuego líquido recorrerle el cuerpo. Arqueó las caderas, enloquecida de deseo.

Valentino se echó a un lado y ella protestó con un gemido. Entonces... Valentino le puso una mano en la entrepierna y ella dejó de respirar.

—Miller...

Miller no quería hablar, sino perderse en la magia de aquellas sensaciones.

Entonces, Valentino deslizó la mano por debajo de los pantalones cortos y las bragas y, con los dedos, la acarició mientras emitía gruñidos en su boca y ella se arqueaba...

Y eso fue todo lo que Miller necesitó para alcanzar el orgasmo. Se aferró a los brazos de Valentino, apartó la boca para respirar y sintió como si su cuerpo se rompiera en mil pedazos.

Durante un rato le pareció que no pasaba nada; después, oyó la entrecortada respiración de Valentino encima de su rostro.

Por fin, cuando logró abrir los ojos, lo encontró mirándola con un deseo que la asustó.

¡Cielos!

—¿Qué he hecho?

–Creo que has tenido un orgasmo –respondió Valentino en tono socarrón, comprendiendo perfectamente el porqué de su expresión de horror–. Seguido de un ataque de arrepentimiento.

¿Arrepentimiento? ¿Se arrepentía de haber tenido un orgasmo? Ni siquiera lo sabía. Sin embargo, sintió la sacudida de todos los motivos por los que aquello no era una buena idea: se hallaban en un lugar público, él era un playboy, estaba la cuestión de su ascenso profesional...

Le habría gustado poder enterrar la cabeza en la arena.

–Por favor, apártate de mí.

–No estoy encima de ti.

Valentino tenía razón. Estaba a su lado, inclinado sobre ella, pero no encima de ella, aprisionándola.

Miller se incorporó hasta sentarse y miró a su alrededor. Seguían solos. Menos mal.

–Había dicho que no me iba a acostar contigo –le espetó ella en tono acusatorio.

Miller sabía perfectamente que ella era igualmente responsable de lo que había ocurrido, pero aún no lograba asimilar la experiencia.

–Hagamos como si esto no hubiera ocurrido –declaró ella con firmeza.

Valentino arrugó el ceño.

–¿No encaja en tus planes, Rayo de Luz?

–Sabes perfectamente que no –respondió Miller maldiciendo en silencio la burlona sonrisa de Valentino.

–Créeme, tampoco forma parte de mis planes –repuso él al tiempo que se incorporaba hasta sentarse en la arena para luego quitarse los pantalones de correr y los calcetines.

Después, Valentino se despojó de la camiseta.

El hecho de que hubiera aceptado sin protestar su rechazo le resultó ligeramente insultante a Miller, y también se dio cuenta de lo ilógico del hecho. En realidad, estaba sumamente enfadada. Aunque no sabía si con él o consigo misma.

Le vio correr hacia el mar y lanzarse al agua. Menos mal que Valentino no le gustaba demasiado. No estaba dispuesta a permitir que un hombre le cambiara la vida. Aunque, en el fondo, algo le decía que haber tenido un encuentro íntimo con él sí iba a cambiarle la vida.

Capítulo 7

T.J. SE echó el Akubra hacia atrás y se inclinó hacia delante en el asiento, y Miller se dio cuenta de que le había gustado la presentación de Dexter y de ella.

–Miller, eres una chica con talento, de eso no hay duda –declaró T.J. en tono paternalista, y ella apretó los dientes–. Pero he dicho a Winston Internacional que les iba a dar otra oportunidad.

«¿Qué?».

Miller entrecerró los ojos y, sin mirar a Dexter, supo que a él le pillaba por sorpresa.

El motivo por el que T.J. había acudido a Oracle era porque estaba descontento con los servicios de Winston Internacional.

–Anoche lo estuve pensando y me parece que no está bien romper con ellos después de tantos años. El lunes por la mañana van a enseñarme lo que han preparado para mí. Entretanto, ¿por qué no cambias las cosas que no acaban de convencerme de vuestra presentación? Y cuanto antes, mejor.

Miller estaba acostumbrada a fingir encontrarse perfectamente cuando no lo estaba y adoptó una expresión de neutralidad profesional. ¿Se debía la actitud de T.J. a que ella le hubiera rechazado una semana antes en el restaurante? Aunque era cruel y amoral, no le había imaginado vengativo. Pero T.J. sabía que Oracle necesitaba desesperadamente su cartera, por lo que tenía un gran poder sobre ellos.

Miller empezaba a despreciar ese aspecto de su trabajo; para Oracle, en plena crisis económica, «todo valía».

Y ahora que casi había logrado su objetivo, ahora que casi tenía una placa con su nombre en la puerta de un despacho con vistas a Harbour Bridge y a las blancas olas de la Casa de la Ópera, estaba intranquila. También era porque se daba cuenta de que quizá no tuviera ese instinto asesino tan necesario en su trabajo. Para ella era importante regirse por una estricta ética profesional, cosa que a veces no era vista con buenos ojos.

–Y ahora, si no os importa... Algunos de los invitados me están esperando para jugar una partida de croquet.

Se hizo un tenso silencio mientras T.J. se levantaba de la silla y se acercaba a la puerta.

–Ah, y otra cosa, Miller. Dile al piloto que deje de tontear y acepte el patrocinio de Real Sport. Lo harás, ¿verdad? No te olvides de hacerlo.

Eso era. Esa era la razón por la que, supuestamente, se le daba otra oportunidad a Winston Internacional.

Una vez que se cerró la puerta, Dexter lanzó una maldición.

Miller se volvió hacia él.

–¿No lo sabías? –Dexter arqueó las cejas con gesto condescendiente.

Miller sintió el rubor subiéndole por las mejillas.

–No –admitió ella. No tenía ni idea de que una de

las empresas subsidiarias de T.J. quería patrocinar a Valentino. Además, ¿por qué iba a saberlo?

Dexter volvió a maldecir.

—Vaya una relación la vuestra. ¿Sabe tu amante que está poniendo en peligro un contrato multimillonario?

—El responsable de eso no es Valentino, sino T.J. —contestó ella realmente enfadada.

—T.J. está actuando como un hombre de negocios, eso es todo.

—Con absoluta falta de ética.

—Déjate de mojigaterías, Miller. Los negocios son los negocios. La cartera de T.J. daría un gran prestigio a Oracle, eso sin mencionar lo que nos beneficiaría a ti y a mí personalmente.

Miller sintió un gran vacío en el estómago.

—Bueno, dime, ¿crees que conseguirás convencer a Ventura?

Miller hizo un esfuerzo por no perder la calma.

—No voy a intentarlo siquiera.

—¿Por qué no?

—Porque mi trabajo no consiste en pedir favores.

—T.J. es uno de los hombres de negocios más importantes del país y tú lo quieres como cliente tanto como yo. Quizá incluso más. ¿Por qué no hacer uso de la influencia que puedas tener con Ventura? Además, estoy seguro de que T.J. le ofrecería una buena suma de dinero por su cara bonita.

Miller trató de disimular la repulsión que sentía. Aquel era un aspecto de la personalidad de Dexter desconocido hasta ese momento.

—Podrías darle un poco más de lo que le has dado

en la playa hoy por la mañana, para convencerle –dijo Dexter.

El cuerpo de Miller se tornó completamente rígido.

–Me has decepcionado, Miller –continuó Dexter–. No esperaba que dieras ese espectáculo de esa manera. Se os podía ver desde la casa.

Ignorando a Dexter, Miller cerró la tapa del ordenador portátil con tal fuerza que temió haberlo roto.

No tenía que darle explicaciones a Dexter, pero era consciente de que si él contaba aquello en la oficina ella quizá perdiera el ascenso.

–Lo vuestro, lo que hay entre Tino y tú, no va a durar. Ya lo verás –añadió Dexter.

–Eso no es asunto tuyo –respondió Miller apenas conteniendo la ira–. Y aunque nos conozcamos desde los tiempos de la universidad, no tienes derecho a hacer comentarios sobre mi vida privada. Estoy aquí por motivos de trabajo, eso es lo único que debería importarte.

Dexter pareció contrariado.

–En ese caso, haz tu trabajo y no olvides que no hemos venido aquí de acampada. Y otra cosa, si perdemos a T.J. como cliente por culpa de tu amante, vas a ser tú quien sufra las consecuencias, no yo.

Miller le fulminó con la mirada al tiempo que sacudía la cabeza.

–Apenas hace unos días creía que formábamos parte del mismo equipo, Dexter. ¡Qué equivocada estaba!

Tras esas palabras, Miller salió de la estancia y, después de cerrar la puerta, le oyó gritar:

–¡Miller, maldita sea, tenemos que hablar!

Pero Miller continuó su camino, necesitaba estar sola para pensar y decidir qué iba a hacer.

Tino estaba sentado en el borde de la cama cuando se abrió la puerta y apareció Miller. Él se encontraba hablando con su hermana Katrina, que estaba haciendo un gran esfuerzo por no mencionar la carrera del domingo siguiente.

—Kat, cielo, ahora tengo que dejarte. Te llamaré luego.

Contento de tener una excusa, Tino cortó la comunicación, dejó el móvil encima de la cama y se recordó a sí mismo que debía mantener las distancias con Miller.

—¿Te pasa algo, Rayo de Luz?

Miller cruzó la habitación y dejó la bolsa del ordenador y su bolso encima de una consola. Después, se volvió hacia él con las manos en las caderas y con los ojos echando chispas.

Tino se apoyó en una de las almohadas.

—¿Vas a decirme qué mosca te ha picado? ¿O vas a hacer eso que suelen hacer las mujeres para amargarles la vida a los hombres, obligarles a jugar a las adivinanzas?

—Te equivocas —contestó ella achicando los ojos—. Las mujeres no les amargan la vida a los hombres. Las personas se amargan la vida entre sí.

Tino se la quedó mirando y se dio cuenta de que Miller se arrepentía de sus palabras. Se preguntó qué le había pasado.

Miller suspiró, como si se estuviera preparando para una batalla, y declaró:

—Te habría agradecido que me hubieras dicho que T.J. estaba interesado en que anunciaras las tiendas Real Sport.

—Ah —de eso era de lo que le sonaba el nombre de T.J. Lyons. Gente de publicidad de las empresas de T.J. llevaba seis meses tratando de hacerle firmar un contrato para anunciar Real Sport.

—En primer lugar, no me dijiste que eras el famoso Valentino Ventura y casi haces que me ponga en evidencia —dijo Miller—. Después, se te olvida mencionar que mi cliente quiere que pongas tu cara y tu cuerpo para anunciar sus productos deportivos y, debido a ello, he hecho el ridículo.

—Miller...

—Llevas riéndote de mí desde el principio —le interrumpió ella, furiosa—. Para que te enteres, no soy un juguete y no he venido aquí para aliviar tu aburrimiento.

Eso le enfadó.

—No se me ha pasado por la cabeza semejante cosa. Y permite que te recuerde que esta especie de pantomima es cosa tuya y que yo he venido aquí para ayudarte.

—Menuda ayuda. Y ahora T.J. me dice que, si queremos que firme un contrato con nosotros, tú tienes que dejar de hacerte de rogar y darle lo que quiere.

Tino se frotó la mandíbula.

—¡Qué sinvergüenza!

Miller dejó caer los hombros.

—Sí, eso es verdad.

—Lo siento, Miller. Te aseguro que no ha sido mi intención no decirte lo de T.J. Recibo cientos de peticiones similares cada semana y es mi agente el que se encarga de ese asunto. Ayer, cuando conocí a T.J., me sonó el nombre, pero supuse que era un aficionado a las carreras de coches.

Miller lanzó una maldición y se sentó en el banco de madera de la ventana.

—¿Qué le has dicho? —preguntó él.

—Nada —Miller suspiró—. Ha amenazado con seguir con los asesores que tiene en la actualidad... si le presentan un plan de negocios nuevo. Pero no creo que puedan presentar ideas nuevas porque, de tener ideas nuevas, las habrían presentado ya.

—Es posible que sea así y que estén esperando hasta el último momento.

—Ninguna idea sería tan buena como la mía.

Tino se rio. Le gustaba la confianza que Miller tenía en sí misma profesionalmente.

Ella volvió la cabeza para mirar por la ventana y se hizo un profundo silencio. Por fin, Miller dijo:

—Dexter nos ha visto esta mañana en la playa.

Tino se masajeó el cuello y lanzó un juramento en voz baja. Ese tipo parecía estar vigilándole y eso empezaba a ponerle furioso.

—¿Me lo dices a mí o a las gaviotas? —preguntó él en tono agradable.

Miller se volvió de nuevo hacia él con el ceño fruncido.

—No estoy para bromas, Valentino —pero Miller no pudo evitar sonreír.

Tino, que seguía sentado en la cama, se inclinó hacia delante y se la quedó mirando fijamente.

—Tranquilízate. Por lo menos ahora Dexter debe de estar convencido de que lo nuestro va en serio.

La sonrisa de ella desapareció.

–Pero me ha dicho que debería comportarme con más profesionalidad y en eso tiene toda la razón.

Tino lanzó un bufido.

–¿Te ha dicho que nada de hacer manitas?

–Me ha dicho que no debería hacer pública mi vida íntima y tiene razón.

–Sí, ya –dijo Tino con cinismo.

Estaba convencido de que Dexter deseaba a Miller y estaba tratando de separarles con el fin de conquistarla.

No podía reprochárselo. Aquella mañana en la playa había comprendido que Miller era de esas mujeres que no se daban cuenta de lo atractivas que les resultaban a los hombres.

–¿Qué quieres decir con eso de «sí, ya»? –Miller frunció el ceño.

–Lo que quiero decir es que le gustas a Caruthers y que quiere conquistarte.

–No, no es verdad.

Miller desvió la mirada, pero él ya había visto una sombra en sus ojos.

–No sé si eres así de inocente en lo que a los hombres se refiere o si es que prefieres enterrar la cabeza en la arena.

Los ojos de Miller echaron chispas.

–Yo no escondo la cabeza en la arena.

–Vaya, he dado en el clavo, ¿eh?

–Si lo que quieres conseguir es que me enfade, vas a salirte con la tuya –le espetó ella.

–¿Qué quieres que diga, cuando es evidente que te niegas a enfrentarte al hecho de que le gustas a un compañero de trabajo?

Miller suspiró sonoramente y, de nuevo, volvió el rostro.

–No soy inocente. Es solo que... –Miller se interrumpió, se veía inseguridad en su expresión–. ¿No podríamos hablar de otra cosa? Mejor aún, ¿no podríamos quedarnos callados un rato?

Tino se dio cuenta del conflicto interior de ella. No creía haber conocido nunca a una mujer tan reservada. Y por lo que él sabía, a las mujeres no les gustaba reprimir sus sentimientos.

Su madre, italiana, era el clásico ejemplo de mujer extrovertida, como lo eran la mayoría de las mujeres con las que él había salido, todas ellas pidiéndole más de lo que él estaba dispuesto a dar. El hecho de que Miller no quisiera nada de él le disgustaba tremendamente.

–El fin de semana no está saliendo según tus planes, ¿verdad, Miller?

Miller había doblado las piernas y, con la barbilla apoyada en las rodillas, parecía estar contemplando el mar. Se volvió y le miró como si le hubiera sorprendido encontrarle aún en la habitación. Otro golpe para su ego.

–¿Eso crees?

–Es evidente que no estás de acuerdo con la ética, o falta de ética, de T.J. en los negocios. En ese caso, ¿por qué le quieres como cliente?

–Los empleados no se hacen asociados de la empresa oponiéndose a los deseos de los clientes, por desagradables que estos sean.

–Ah, entiendo. Tu ascenso depende de este asunto, ¿eh?

–¿Qué tiene eso de malo? –preguntó Miller con

voz fría, a la defensiva, como si él la hubiera insultado.

Tino se preguntó qué se escondía tras semejante reacción.

—No soy yo quien puede decirlo.

—Me merezco el ascenso. Me he entregado en cuerpo y alma a esta empresa. Yo... —Miller dejó escapar un suspiro—. Creo que no lo entenderías.

—Ponme a prueba.

Tino pensó que iba a rechazar la invitación, pero ella volvió a suspirar.

—No es difícil de entender, Valentino. Mi familia era pobre, mi padre creía que todo el mundo vivía mejor que nosotros y mi madre no tenía estudios. Mi madre tuvo que mantener dos trabajos para poder pagarme un colegio privado. Le daría la mayor alegría si pudiera decirle que me han hecho asociada de la empresa.

—¿Y qué significa eso para ti?

—Lo mismo que para mi madre —Miller tragó saliva.

—Así que, cuando eras pequeña, ¿soñabas con ser ejecutiva?

—No todos podemos tener profesiones tan interesantes como tú.

Tino notó el tono defensivo de ella y se dio cuenta de que seguía ocultando algo.

—Supongo que para ti fue fácil decidir qué ibas a hacer —añadió Miller—. Tu padre también era piloto de coches de carreras.

—¿Crees que fue fácil para mí escoger la profesión que he escogido porque era la de mi padre?

—No lo sé. ¿Fue fácil?

–Mi padre murió en un circuito de carreras cuando yo tenía quince años. Mi madre sigue regalándome libros de medicina por Navidad con la esperanza de que cambie de profesión.

Miller se echó a reír y él añadió:

–Astronauta.

–¿Qué? –preguntó Miller, sin comprender.

–Eso era lo que querías ser, ¿verdad? –bromeó Tino–. Astronauta.

–No –Miller sacudió la cabeza.

–¿Bailarina exótica?

–Muy gracioso.

La tensión comenzó a desaparecer de sus hombros, pero Tino empezó a sentir claustrofobia. Se puso en pie, agarró la gorra de visera y dijo:

–Vámonos.

–¿Adónde?

–No sé. Vamos a dar un paseo en coche –eso siempre le tranquilizaba.

–Ve tú. Yo tengo trabajo.

–Te sentará bien un poco de aire fresco, Miller. Vamos, ven conmigo.

Miller suspiró.

–Siempre te sales con la tuya, ¿verdad?

Capítulo 8

PERDONA, solo tengo una gorra de visera —dijo Valentino abriéndole la portezuela del coche.

—No te preocupes, mi fama no ha llegado todavía a los pequeños pueblos costeros.

Valentino le rio la broma y Miller se sintió mejor. Aunque lo que quería no era sentirse mejor, sino la firma de T.J. en el contrato, y también que se acabara aquel fin de semana. Y no en ese orden necesariamente.

Miller suspiró y decidió dejar de pensar en el trabajo.

—¿Por qué los famosos se ponen gorras de visera para ocultar su identidad?

—Porque Lyons ha comprado todos los sombreros Akubras.

Miller estalló en carcajadas, contenta de encontrarse tranquila y relajada. Era mucho mejor que estar tensa y tomarse las cosas en serio. Se sentía más... libre. Quizá debiera adoptar una actitud más relajada con mayor frecuencia.

Al cruzar el pueblo principal, notó que la gente se quedaba mirando aquella bala plateada de coche.

—Apuesto a que ahora te arrepientes de no haber venido en mi coche.

Tino sonrió traviesamente.

—Aparcaremos a la vuelta de la esquina.

—¿Y si lo roban?

—Dante lo tiene asegurado.

—¿Y Dante es...?

—Mi hermano mayor.

—¿Cómo se llaman tus hermanas?

—Katrina y Deanna –respondió él tras una leve pausa.

Miller iba a hacerle otra pregunta cuando él aparcó el coche y salió de un salto. ¿Otro tópico de conversación intocable?

Miller se preguntó por qué a Valentino no le gustaba hablar de su familia, y decidió dejarlo. No debía olvidar que Valentino no estaba con ella porque era lo que quería.

—¿Adónde vamos? –mejor no pensar en algo en lo que no debía pensar.

—Vamos a ver escaparates.

Miller arqueó las cejas.

—¿Te gusta ir a ver escaparates?

—Estoy buscando algo en concreto.

La bonita calle estaba formada por tiendas típicas de un pueblo de mar de construcción victoriana y cafés.

—¿No vas a decirme qué es lo que buscas?

—No. Lo sabrás cuando lo vea.

Por fin, Valentino se detuvo delante de una heladería y ella sonrió de oreja a oreja.

¿Un helado? Justo lo que necesitaba en ese momento.

Con los conos de helado en la mano, se dirigieron a un pequeño parque. De tácito acuerdo, se sentaron en el borde de una mesa de picnic.

–¿Dónde pasaste la infancia? –le preguntó Valentino inesperadamente, sorprendiéndola.

–La mayor parte la pasé en Queensland. Pero cuando mis padres se divorciaron, mi madre y yo nos trasladamos a Melbourne.

Valentino la miró fijamente y ella trató de ignorar el efecto de su mirada.

–¿Cuántos años tenías cuando se divorciaron?

–Diez.

–¿Y te gustaba Melbourne?

–Es una pregunta difícil de contestar. Cada vez que volvía a casa del internado, mi madre se había mudado a otro lugar de las afueras.

–¿Por qué se mudaba tan a menudo?

–Vivíamos en casas de alquiler y eran alquileres de corto plazo. Y para mí era difícil porque yo siempre he sido una persona que necesita...

–¿Seguridad?

–Sí –admitió Miller con una sonrisa de reconocimiento de uno de sus puntos débiles.

–¿Nunca te ha dado por viajar?

–No. Mi objetivo siempre ha sido trabajar y tener mi propia casa, en propiedad. Lo tenía claro desde pequeña. Te debo de parecer una persona muy aburrida.

Valentino sacudió la cabeza.

–Más bien, resuelta. Y sé lo que es eso.

Miller se terminó el delicioso helado mientras sentía que la tensión desaparecía de su cuerpo.

–Sí, supongo que sí.

–Dime, ¿cuál era tu sueño de pequeña?

Miller le lanzó una mirada de exasperación. De nuevo volvía la tensión.

–Ahora comprendo por qué vas a por el octavo título mundial –comentó ella irónicamente.

–Sí, no es la primera vez que me dicen que soy... bastante insistente –comentó él con una traviesa sonrisa.

–Supongo que sería más apropiado llamarte cabezota.

Valentino se echó a reír y a ella le gustó el sonido de su risa. También le gustaba que Valentino no se tomara muy en serio a sí mismo.

–¿Tanta vergüenza te da decirlo?

–No... –Miller se rascó la cabeza, consciente de que Valentino iba a seguir insistiendo. Además, no se trataba de un secreto ni era nada de lo que avergonzarse–. Cuando tenía once años mi sueño era vivir en una enorme propiedad en el campo. Me imaginaba a mí misma en una pequeña habitación circular con vistas a una explanada llena de caballos y...

–¿Por qué circular?

–No sé. Quizá fuera porque me encantó *El Hobbit*...

–Entendido. Sigue.

–No es nada extraordinario.

–Continúa.

–En fin, soñaba con pasar la mitad del tiempo haciendo ilustraciones para cuentos de niños y la otra mitad llevando a los caballos a pasear por las colinas –Miller se calló, avergonzada de haber hablado de algo en lo que no pensaba desde hacía años. Era un sueño que no le había contado a nadie.

–Me gusta tu sueño.

Le vio sonriendo, con los rayos de sol de primeras horas de la tarde iluminando sus hermosos rasgos.

Se aclaró la garganta, algo arrepentida de haber hablado tanto sobre sí misma.

—Bueno, como me dijo mi madre, a casi todas las niñas les gustaría tener un caballo. Y ella no estaba sacrificándose para que yo fuera a uno de los colegios más caros del país y acabara haciéndome ilustradora de cuentos.

Miller se dio cuenta de la amargura de su tono de voz y se preguntó si Valentino lo habría notado. Se avergonzó de sí misma. Su madre solo había querido lo mejor para ella.

—Así que dejaste de soñar y elegiste una profesión seria, ¿eh? —sugirió él acertadamente.

—Los sueños no son reales, por eso se llaman sueños.

—Pero suponen metas a perseguir en la vida.

—Poner comida en la mesa también es una meta, como mi madre sabía muy bien. Me tuvo siendo muy joven y no pudo seguir con los estudios. Eso la hizo vulnerable.

Valentino la miró fijamente.

—Puedo comprender que no quisiera que le pasara lo mismo a su hija, pero dudo mucho que quisiera que su hija se olvidara de sus sueños. Si renunciamos a nuestros sueños, ¿de qué vale vivir?

El comentario de Valentino la irritó. ¿Estaba siendo paternalista con ella?

—Tú no conoces a mi madre. Tiene guardada una botella de champán en el frigorífico para que la abramos cuando me hagan miembro asociado de la empresa.

—Pero ese es el sueño de tu madre respecto a ti, no el tuyo —dijo él.

Miller le lanzó una mirada penetrante.

—Mi madre es una mujer con mucho sentido común.

—Yo no estoy diciendo que dude de sus intenciones, Miller, pero... ¿no estará tu madre equivocada respecto a ti?

La sugerencia de Valentino la puso nerviosa... porque eso mismo se había estado preguntando ella desde que T.J. empezó la campaña para conquistarla.

A la desesperada, se apartó de la mesa y se colocó delante de él.

—Habría sido muy egoísta por mi parte dedicarme al arte después de lo mucho que se sacrificó mi madre por mí —Miller miró hacia el cielo y se preguntó qué hora sería—. Creo que deberíamos volver.

Valentino ladeó la cabeza, pero no se movió de donde estaba.

—Quizá no debería haberte empujado tanto en la dirección que a ella le parecía la acertada. ¿Y tu padre? ¿No os ayudaba económicamente?

Miller negó con la cabeza.

—Creo que lo intentó, pero vivía en una comuna y no tenía dinero para ayudar a pagar el muy caro colegio privado que mi madre había elegido.

—¿Vivía?

—Murió cuando yo tenía veinte años.

—Lo siento.

—No te preocupes, no estábamos unidos... y murió feliz. De lo que me alegro. Pero... —Miller tomó aire—. La verdad es que no sé por qué te estoy contando todo esto.

—Porque te lo he pedido. ¿Por qué no estabas unida a tu padre?

Miller se recogió el pelo detrás de las orejas mientras recuerdos de su padre acudían a su mente.

—Pasé años culpándole de que mi mundo se hubiera derrumbado. Era como si se hubiera dado por vencido. No hizo ningún intento por ir a verme —Miller se tragó el nudo que se le había hecho en la garganta—. Al cabo de unos años, me dijo que no lo había hecho porque le resultaba demasiado doloroso —aunque sospechaba que quizá también hubiera sido por no tener dinero para pagarse el viaje—. Me llevó bastante tiempo darme cuenta de que no todo había sido culpa suya.

Ahora sabía que, en las relaciones, una persona siempre amaba más que la otra, necesitaba más que la otra.

En el caso de sus padres, eso era lo que le había pasado a su padre. Después del divorcio, su madre le había comentado que se había casado con su padre porque había necesitado seguridad, y que él le había decepcionado constantemente al no poder conservar nunca el mismo trabajo por mucho tiempo.

Miller suspiró, no sabía qué pensar sobre el amor, excepto que parecía dar más problemas que alegrías.

Capítulo 9

EN EL inmenso salón de T.J., Miller sonrió y miró a su alrededor. Había el doble de invitados de los esperados y aquello se le antojó como salido de las páginas de *El gran Gatsby*.

La fiesta de cumpleaños de T.J. estaba en pleno apogeo y parecía todo un éxito: mujeres elegantes, hombres de mundo, risas y conversación... Algunos bailaban al son de canciones de los años ochenta, otros bebían en el jardín respirando la brisa nocturna.

La clase de gente entre la que Valentino debía de encontrarse como en casa; sobre todo, vestido como iba, con una camisa azul claro y unos pantalones de sastre que le sentaban de maravilla.

—Parece que estás en un funeral —le murmuró Valentino burlonamente con el aliento acariciándole la sien.

Miller se puso tensa. Se sentía como si estuviera en un funeral. Desde que habían vuelto del paseo en el coche, estaba irritada y nerviosa. Después de haber hablado de sí misma como lo había hecho, Valentino se había negado a hablarle de su vida.

—Soy aburrido —le había dicho él, poniendo fin a la conversación—. Además, todo lo que quieras saber sobre mí está en Internet.

Ella había lanzado un gruñido.

–En Internet solo encontraría cosas superficiales sobre ti, como el número de carreras que has ganado y los corazones que has roto.

Eso había parecido disgustarle.

–Como le dije a Caruthers, si me hubiera acostado con la mitad de las mujeres que dicen que me he acostado, no habría tenido tiempo para correr ninguna carrera, y mucho menos ganar alguna. De hecho, es muy raro que salga con una mujer durante la temporada de campeonato y, si lo hago, es por muy poco tiempo.

–¿Por qué? ¿Porque te aburres con facilidad?

–Eso también. Pero no, no suelo dejar que ninguna mujer pase el tiempo suficiente conmigo como para aburrirme. Las mujeres me exigen más de lo que quiero darles, así que solo me permito una o dos noches con cada una.

–Eso es muy superficial.

Valentino se había encogido de hombros.

–No si la mujer quiere lo mismo que yo.

–¿Y hay muchas que quieran lo mismo que tú?

–No, reconozco que no muchas.

–¿Es que nunca quieres algo más de una relación?

–No. Las carreras me dan todo lo que necesito –le había contestado él.

–¿Y nunca has estado enamorado?

–Sí, claro –Valentino la había mirado fijamente y ella había contenido la respiración–. Mi primer amor fue un Maserati Bora rojo de mil novecientos setenta y cinco.

–No, en serio –le había dicho ella en tono de reprimenda.

–El amor del que tú hablas no va conmigo, Miller.

–¿Nunca?

–Digamos que no me casaré mientras sea piloto de coches de carreras, y aún no he conocido a una mujer que me entusiasme lo suficiente como para hacer que deje las carreras –había dicho él en tono sobrio–. El amor es doloroso. Cuando uno pierde a alguien... No, no voy a hacerle eso a nadie.

¿A nadie o a sí mismo?, se preguntó Miller en ese momento, pensando que la superficialidad de Valentino era una forma de protección contra el sufrimiento.

Tras decidir que lo mejor que podía hacer era olvidarse de lo que había pasado y de la conversación con Valentino, Miller bebió un sorbo del mejor champán de T.J. y se deleitó en ello.

–¿Qué has dicho? –preguntó Valentino en voz baja, haciendo que las burbujas del champán le recorrieran todo el cuerpo.

–No he dicho nada.

–Has murmurado algo –Valentino la miró a los ojos.

A Miller se le secó la garganta, pero estaba más decidida que nunca a aplastar la atracción física que sentía por él.

–No olvides que esta noche tengo que actuar con la mayor profesionalidad posible. Así que compórtate tú también... con discreción.

–¿Como los mentecatos con los que sales tú?

–Yo no salgo con mentecatos –respondió Miller preguntándose por qué Valentino la sacaba de sus casillas con tanta facilidad.

–Claro que sí. Sales con hombres educados, correctos en todo momento y... fáciles de controlar.

Lo que la irritó más que nada fue que lo que había

dicho Valentino era verdad, con excepción de lo de «fáciles de controlar». No era necesario controlar a los hombres correctos en todo momento.

–Mientras que tú sales con rubias de pechos grandes y con el cerebro de un mosquito.

–No es necesario que sean rubias –respondió él sonriendo maliciosamente.

En ese momento, cuando iba a contestar, T.J., enfundado en su esmoquin, se les acercó.

–Miller, estás encantadora.

Miller esbozó una sonrisa artificial. No estaba encantadora. Se había puesto una sencilla blusa negra de manga larga y unos pantalones haciendo juego. No había metido en la maleta una sola prenda provocativa, ya que no había querido animar a T.J. más de lo que estaba. Y quizá también fuera porque no tenía ropa provocativa. En realidad, gastaba poco dinero en ropa.

–Gracias –respondió ella.

Entonces, T.J. se volvió a Valentino, el último objeto de interés para él.

–Maestro, hay alguien que se muere por conocerte.

Miller intentó sonreír cuando la famosa supermodelo, Janelle, enfundada en un ceñido modelo de color carne, apareció por detrás de T.J. y extendió su elegante mano.

Una especie de aparición teatral, pensó Miller malhumorada. Lo que era injusto, ya que la modelo no solo era considerada como la mujer más hermosa del planeta, sino también una gran persona. Y parecía nerviosa cuando Valentino le estrechó la mano.

–Señor Ventura...

–Esta es Janelle –continuó T.J.–, la estrella de las pasarelas de Nueva York. Pero seguro que ya lo sabes, puede incluso que tengas un póster suyo en una de las paredes del garaje –entonces, T.J. se volvió a ella–. No ha sido mi intención ofenderte, Miller.

–No me has ofendido –respondió Miller tranquilamente. Aunque lo que realmente le hubiera gustado decir habría estropeado su carrera profesional.

Sintió que Valentino, a su lado, se ponía tenso y se preguntó si no sería una especie de reacción física extrema a la belleza de la modelo rubia. Todos los hombres allí presentes parecían hipnotizados con ella.

–Janelle –Valentino sonrió y le soltó la mano.

«Hacen una pareja perfecta», pensó Miller. Y sintiéndose como el patito feo al lado de la modelo, se disculpó y dejó a los dos hombres con Janelle. No era masoquista.

Y cuando se dirigía a las puertas de cristal que daban al jardín, Dexter le salió al paso.

–Lo siento, Dexter, pero creo que en estos momentos no podría soportar otra sesión contigo –declaró Miller con brutal sinceridad.

La noche era cálida, el cielo estaba cubierto de estrellas y lo único que ella quería era un poco de aire fresco y algo de tranquilidad.

Dexter tuvo la delicadeza de sonrojarse.

–He leído algunas de las ideas que has añadido a la propuesta esta tarde. Son muy buenas.

–Lo único que me molesta del comentario es que implica que esperabas menos de mí –contestó ella arqueando las cejas.

Dexter se ajustó el cuello de la camisa.

–¿Podemos hablar?

–Adelante –respondió Miller con resignación.

Dexter caminó delante de ella, pero cuando fue a bajar los escalones que conducían al aislado jardín japonés, Miller le detuvo.

–Aquí está bien.

No quería recordar, en presencia de Dexter, el mareante beso que Valentino y ella se habían dado la noche anterior.

Después de dar alguna vuelta, Miller encontró un lugar tranquilo y se dio la vuelta, de cara a su jefe.

–¿Qué es lo que quieres decirme?

–En primer lugar, quiero pedirte disculpas por lo mal que me porté contigo esta mañana. Yo solo quería que no te pasara nada.

Miller no acababa de encontrarse cómoda.

–He notado que te pasa algo últimamente –se atrevió ella a decir–. ¿Hay algo entre Carly y tú otra vez?

–No, no. Hemos roto definitivamente –Dexter se agarró a una barandilla de madera y los nudillos de sus manos se tornaron blancos.

–Lo siento –aunque nunca había visto a la esposa de Dexter, sentía que hubieran roto.

Dexter se echó hacia atrás y, por fin, la miró a los ojos.

–Vamos, Miller, seguro que sabes qué es lo que pasa.

Miller se lo quedó mirando y sacudió la cabeza.

–No –pero sí lo sabía, ¿no? Ruby y Valentino le habían dicho que...

–Está bien, si lo que quieres es que lo diga en voz alta... Se trata de nosotros.

–¿Nosotros? –Miller sabía que la voz le había salido como un quedo grito de alarma.

–O, mejor dicho, nuestra atracción mutua –añadió él asintiendo.

–¿Atracción?

–Te deseo, Miller. Desde el primer momento de conocernos me di cuenta de que había algo entre los dos.

Dexter levantó una mano, silenciándose así el intento de ella de ahorrarle seguir poniéndose en evidencia.

–Sé que prefieres ignorarlo porque trabajamos juntos, pero sabes lo que siento por ti desde que estábamos en la universidad. Desde hace seis meses, cuando empecé a trabajar en Oracle, lo que sentía por ti se ha hecho más profundo –Dexter volvió a impedirle que hablara–. Sí, sé que vas a decir que soy tu jefe y que no funcionaría, pero conozco muchos casos en los que el trabajo y las relaciones amorosas han salido bien.

Miller se había quedado perpleja y apenas se dio cuenta de que Dexter le había tomado la mano.

–Me estoy portando como un idiota este fin de semana porque no he podido aceptar que estés saliendo con ese niño bonito. De acuerdo, reconozco que es atractivo, pero los dos sabemos que lo vuestro no puede durar, y no quiero esperar a que acabe.

–Lo siento por ti, Caruthers.

Miller, al igual que Dexter, se sobresaltó al oír la profunda voz de Valentino. Y al volver la cabeza para mirarle, vio la furia de su mirada gris bajo una apariencia de calma.

–Eh, Ventura, tú no tienes derecho de propiedad sobre ella.

«¿Derecho de propiedad?». Miller miró fijamente a Dexter. ¿Por qué la había tomado, por un coche?

—Suéltala —ordenó Valentino con voz queda, pero firme.

Miller se dio cuenta de que Dexter seguía sujetándole la mano y se zafó de un tirón.

—Miller es dueña de sí misma —declaró Dexter.

—Miller es mía —repuso Valentino.

Un inmediato calor se extendió por su cuerpo al oír las posesivas palabras de Valentino. Que él dijera eso era... desconcertante. Exasperante. Excitante.

Por fin, Dexter, que había estado mirando a Valentino con expresión desafiante, bajó los ojos.

—Ven, vamos a bailar —le dijo Valentino tomándole la mano—. Por favor.

A ella le dio un vuelco el corazón.

—¿A qué ha venido ese comportamiento cavernícola? —preguntó ella con voz suave.

Valentino se la quedó mirando, sin mover los pies, como si ella le tuviera hipnotizado.

—Estaba representando el papel de novio celoso, ¿qué otra cosa esperabas que hiciera?

«Representando el papel de novio celoso...».

Tardó unos segundos en asimilar las palabras de él; entonces, se sintió casi enferma. Representando un papel. Fingiendo. Todo era mentira.

Palideció al instante y cerró los ojos para no ver el hermoso rostro de Valentino. Se sentía completamente avergonzada de sí misma.

Trató de comprender por qué estaba tan desilusionada, tan triste. Al fin y al cabo, Valentino era prácticamente un desconocido.

—Da gracias de que nuestro supuesto noviazgo no es real —comentó Valentino—. De haberlo sido, le habría partido la cara.

Durante un segundo, Miller se preguntó si no le habría leído el pensamiento.

—¿Por qué? ¿Por desafiarte?

—Por mirarte los pechos como si te los estuviera acariciando con la imaginación. No lo ha hecho, ¿verdad?

Miller abrió mucho los ojos al instante.

—Claro que no.

—Y no quieres que lo haga, ¿verdad?

—¡No!

—Bien. Y otra cosa, no vuelvas a desaparecer en medio de una conversación.

Miller frunció el ceño.

—Te refieres a cuando T.J. y Janelle... Valentino, no se requería mi presencia.

—En lo que a las relaciones se refiere, no tienes ni idea de lo que se requiere o se deja de requerir, Miller.

Y, tras esas palabras, Valentino le rodeó la cintura con un brazo y comenzaron a bailar.

Capítulo 10

A LA MAÑANA siguiente, Tino se presentó en el comedor para desayunar con lo que esperaba pareciese una agradable sonrisa.

Miller estaba allí, y también T.J., Dexter y una mujer con pantalones de tejido elástico y estampado de leopardo.

Después de bailar con Miller la noche anterior, había tardado un par de largas horas en subir a la habitación y, al hacerlo, se había encontrado a Miller hecha un ovillo en mitad de la cama.

Y había acabado durmiendo en el suelo. Si se podía llamar dormir a pasarse la noche mirando al techo.

Se había levantado temprano y había ido a correr, así que ahora no sabía de qué humor estaba Miller. Pero a juzgar por las ojeras, tampoco debía de haber dormido gran cosa.

—Maestro, te has levantado temprano.

Valentino, que estaba mirando a Miller, volvió la cara y clavó los ojos en T.J. Le molestaba la familiaridad con que le trataba T.J.

—Igual que vosotros.

—La costumbre —dijo T.J.—. A los que nos hemos criado en un rancho no se nos pegan las sábanas. Bueno, ¿te apetece un partido de tenis hoy?

–Gracias –Valentino aceptó la taza de café caliente que le ofreció una empleada en ese momento.

–T.J., como te dije antes de que insistieras en que me quedara a desayunar, tengo que estar de vuelta en la ciudad para la hora del almuerzo –intervino Miller.

–¿Qué es eso tan importante que tienes que hacer? Tino acudió al rescate rápidamente:

–Desgraciadamente, hoy tengo que revisar un motor con algunos de los ingenieros del equipo.

Miller le miró a través de las espesas pestañas y a él le desconcertó ser incapaz de interpretar su expresión.

–¿Has pensado en mi oferta, Maestro? ¿En representar a Real Sport? –preguntó T.J. con absoluta confianza en sí mismo.

Al no esperar una pregunta tan directa, Tino vaciló. Le habría gustado mandar al infierno a T.J.

Miller, al instante, contestó por él:

–He aconsejado a Valentino posponer su decisión de representar a Real Sport hasta ver qué pasa con el contrato con Oracle. No me gustaría mezclar las dos cosas. Estoy segura de que lo entiendes.

T.J. achicó los ojos, pero se recuperó de la sorpresa rápidamente. No había esperado que Miller le diera la vuelta a la situación tan hábilmente. Y tampoco Dexter, que se atragantó con un trozo de tostada.

Tino había pensado en decirle a su agente que aceptara la oferta de Real Sport con el fin de ayudar a Miller, pero ahora quizá no fuera necesario.

T.J. se rascó una oreja, claro signo de la creciente tensión.

–Una decisión interesante. Aunque, por supuesto, no la que yo habría tomado.

–Pero es la que he tomado yo.

T.J. se giró en el asiento y clavó la mirada en Dexter.

–Creía que eras tú el asesor jefe, Caruthers.

Todo el mundo pareció contener la respiración. Cuando Dexter fue a responder, Tino se le adelantó.

–Miller es una mujer de principios y eso es admirable. Una cualidad que exijo a cualquier empresa con la que yo haga tratos.

Durante unos momentos, nadie dijo nada.

–En ese caso, espero ver la propuesta final lo antes posible, jovencita –le espetó T.J.–. Quiero que este asunto esté solucionado para el día de la carrera –entonces, miró a Tino–. Podrías anunciar nuestra colaboración en la fiesta de tu madre el sábado por la noche.

Maldición. Si Lyons iba a asistir a la fiesta de su madre, se suponía que Miller tenía que acompañarle a él.

Tino sacudió la cabeza.

–Tengo por norma no destacar en las fiestas de mi madre, ella es la estrella ahí.

Miller dejó el tenedor en el plato.

–Tendré la propuesta final inmediatamente, T.J. –Miller se limpió los labios con la servilleta y se puso en pie–. Gracias por tu hospitalidad y, de nuevo, feliz cumpleaños.

Miller estaba sentada al lado de Valentino en el coche de camino a Sidney, le dolía la cabeza y tenía revuelto el estómago.

–¿Te pasa algo? –le preguntó él lanzándole una rápida mirada de soslayo.

–Claro que me pasa algo –respondió ella con sinceridad, cansada de fingir y disimular–. Dexter va a hacerme la vida imposible por haber tomado la iniciativa sin consultarle a él, T.J. está furioso, lo más seguro es que haya dado al traste con mi ascenso y, para colmo, tengo un dolor de cabeza de mil demonios.

–Si te sirve de consuelo, te diré que has estado magnífica en el desayuno.

–He cometido una estupidez.

–Vas a hacerte con el negocio de T.J., ya lo verás. Vas a ser la heroína de la empresa.

–Gracias por darme ánimos.

–Me parece que vas a tener que venir a la fiesta de mi madre el próximo sábado, es una fiesta de recaudación de fondos con fines benéficos. Dexter y T.J. esperarán verte allí.

Miller había oído hablar de esa famosa gala de Melbourne, pero hasta ese momento no sabía que la patrocinaba la madre de Valentino.

–Me da igual, que piensen lo que quieran. Pondré una disculpa, alegaré una migraña –algo que, en esos momentos, le parecía fácil de imaginar–. Dime, ¿por qué tu madre tiene un apellido distinto al tuyo?

–Se volvió a casar.

La respuesta de Valentino a una pregunta personal fue, como de costumbre, abrupta.

Miller tomó nota, agarró la bolsa del ordenador, lo sacó, lo abrió y se puso a trabajar.

Valentino detuvo el coche delante de la puerta del edificio de apartamentos en el que Miller vivía. Le tomó las manos y la miró a los ojos. La vio tragar saliva y él desvió la mirada a los labios. Durante unos segundos, consideró tirar de Miller, estrecharla en sus brazos y besarla hasta hacerla perder el sentido.

Pero a juzgar por la expresión de Miller y por su gélida mirada, sabía que sería un error, por lo que se contuvo. Aunque continuó con las manos de ella en las suyas.

—Espero haber hecho lo que se esperaba de mí este fin de semana —dijo Valentino.

—Sí, gracias. Y buena suerte en la carrera.

—Gracias.

Valentino salió del coche y agarró la bolsa de viaje de ella. Miller alargó el brazo para tomarla, pero él no se la dio.

—Dame la bolsa, puedo con ella.

—Sé que puedes, pero deja que la suba a tu casa. Tienes muy mala cara.

—Estoy bien, es solo un dolor de cabeza.

Tino no estaba convencido del todo, pero no quería discutir con ella.

—Venga, vamos.

El ascensor pareció subir a paso de tortuga. Por fin, llegaron al piso. Miller abrió la puerta y se echó a un lado para cederle el paso.

Tino miró a su alrededor. Las paredes y el mobiliario eran de color crema, las alfombras y los cojines, con sus colores fuertes, contrastaban y animaban el ambiente.

—Muy bonito.

—Gracias.

Miller permaneció obstinadamente en la puerta y él dejó la bolsa de viaje cerca de la puerta del dormitorio. Entonces, se dio media vuelta, decidido a no despedirse todavía.

—He dicho que gracias.

Tino echó una mirada a unas fotos de una estantería.

—Ya te he oído... y no me creerías si te dijera lo que tengo ganas de hacer.

—¿No tienes ningún sitio donde estar?

«Sí, dentro de ti». Pero apretó los dientes, disgustado consigo mismo, por el derrotero que estaban tomando sus pensamientos.

—Si necesitas algo, ponte en contacto con mi agente —dijo Tino dándole una tarjeta—. Aquí tienes su número de teléfono.

—¿Por qué iba yo a necesitarle?

—No lo sé, Miller. ¿Para que te ayude a cambiar la rueda del coche? Agarra la tarjeta y deja de poner obstáculos a todo.

Ella agarró la tarjeta como si fuera a morderle.

—¿Es que no vas a corresponder? —preguntó Tino en tono suave.

—Se me han acabado las tarjetas.

—Y, además, sabes cambiar la rueda de un coche —comentó él sonriendo.

Se la quedó mirando. Tenía los ojos más brillantes que de costumbre y unas gotas de sudor le perlaban la frente. Y en esa ocasión, no se reprimió y le puso la palma de la mano en la frente.

—Miller, estás ardiendo —dijo Tino alarmado.

—Estoy bien —respondió ella con voz tensa. Pero, desmintiendo sus palabras, Miller apartó los ojos de él y se tambaleó.

Tino lanzó una maldición, la agarró y la condujo

a uno de los sillones que había delante de un televi-
sor.

—Solo tengo dolor de cabeza, no es nada.

—Siéntate —le ordenó Tino antes de dirigirse a la
cocina americana y poner la tetera eléctrica.

—¿Qué haces?

—Prepararte un té. Tienes muy mala cara.

Miller no puso objeciones, lo que demostraba que
debía de encontrarse muy mal. Él revolvió entre los
armarios hasta encontrar una taza y las bolsas de té.
Después, esperó a que el agua hirviera.

—¿Cuál es el número de teléfono de tu madre?

—¿Para qué lo quieres?

—Creo que debería venir a hacerte compañía y a
pasar la noche contigo.

—Vive en el oeste de Australia.

—Tu amiga... ¿cómo se llama?

—Ruby. Está en Tailandia. Y déjalo, sé cuidar de
mí misma.

—¿Tomas leche con el té? —preguntó él sirviéndo-
selo en la taza.

—No, lo tomo solo.

Al darle la taza de té, notó un cuadro colgado de
una pared. El cuadro tenía un fondo amarillo y estaba
salpicado de pequeñas criaturas de color azul y mo-
rado. Se acercó al lienzo.

—¿Quién ha pintado esto?

—Nadie famoso. ¿Podrías irte ya, por favor?

—¿Cuándo lo pintaste? —preguntó Tino tras fijarse
en el ilegible garabato a modo de firma.

—No me acuerdo.

«Mentirosa». Y, evidentemente, no solo había querido hacer ilustraciones de cuentos para niños.

—Tienes mucho talento. ¿Has expuesto alguna vez?

—No. Gracias por el té, pero vete ya.

Tino se volvió y la encontró con la cabeza apoyada en el respaldo del sillón y con peor cara que hacía un rato.

Tino, de repente, tomó una decisión: agarró la bolsa de viaje de Miller y la metió en el dormitorio.

—¿Qué haces? —gritó ella.

—Meter ropa limpia en tu bolsa.

Colocó la bolsa de viaje de Miller en la cama, la vació y abrió el armario. Se encontró con una hilera de prendas negras. Sabía que a Miller le gustaba el negro, pero eso era ridículo. No sabía por dónde empezar.

—¿Qué haces metiendo ropa en mi bolsa?

Al oír la voz de ella cerca, Tino se dio la vuelta y la encontró apoyada en el marco de la puerta. Miller debería estar sentada, pero ya se encargaría de eso en un momento.

—Te vienes conmigo.

—No.

Sabía que estaba imponiendo su voluntad, pero no iba a dejarla ahí sola en ese estado.

—Considéralo unas vacaciones.

—¡Ni se te ocurra abrir el cajón de la ropa interior!

—Demasiado tarde. Sé cómo es tu ropa interior.

Miller lanzó un gruñido y él sonrió.

Después de meter un puñado de ropa interior de vivos colores en la bolsa de viaje, metió también algo de calzado y la cerró. A continuación, se acercó a Miller y la rodeó con un brazo.

—No soporto el machismo —declaró Miller apoyando la cabeza en el pecho de él.

–Lo siento –Tino agarró la bolsa del ordenador, el bolso de mano de ella, la bolsa de viaje, y cerró la puerta del apartamento–. Necesitas que alguien te cuide y yo no puedo faltar al entrenamiento de mañana por la mañana.

–Mañana tengo que trabajar. Podrían despedirme –protestó ella.

–Todo el mundo tiene derecho a ponerse malo. Si mañana por la noche estás bien, te traeré en avión. Además, podrían despedirte por no venir conmigo. Dexter quiere el negocio de T.J. y T.J. me quiere a mí. Puedes decirle a Dexter que estás tratando de convencerme.

Tino la ayudó a subir al coche.

–No creo que eso vaya a impresionarle –dijo Miller.

Sin embargo, apoyó la cabeza en el respaldo del asiento del vehículo y cerró los ojos.

Capítulo 11

MILLER sabía que quizá debería haberse resistido con más energía, pero se encontraba mareada y sin fuerzas. Y además, en el fondo, le complacía el gesto de Valentino.

Valentino condujo hasta la zona del aeropuerto reservada para aviones privados y ella, dejando de luchar contra lo inevitable, acabó apoyándose en el esbelto y fuerte cuerpo de él y dejó que Valentino la guiara hasta la escalerilla del avión.

–No eres el primer ministro, ¿verdad? –preguntó ella, que no se sentía tan mal como para no estar impresionada.

–No, no soy tan importante –respondió él sonriendo.

Valentino la condujo por un estrecho pasillo flanqueado por amplios asientos de cuero hasta una habitación iluminada solo por unos débiles focos situados en el suelo.

–¿Tienes una cama? –preguntó ella atónita.

–Vuelo con mucha frecuencia.

–¿Hay un cuarto de baño por aquí?

–Ahí lo tienes –Valentino señaló una pequeña puerta corredera–. Pero si no has salido en cinco minutos, voy a suponer que te has desmayado y voy a entrar.

—¿Eres tú quien dice que yo soy mandona? —inquirió Miller, pero no siguió discutiendo. Le dolía la cabeza, el estómago y, en general, se sentía fatal.

Cuando salió del cuarto de baño, Miller se quitó las botas, se tumbó y reposó la cabeza en la almohada más suave del mundo...

—Vamos, Miller, ya hemos llegado.

Medio grogui, Miller dejó que Valentino la levantara de la cama. Sin llegar a espabilar, cuando quiso darse cuenta estaba en un coche. Y al poco tiempo, o eso le pareció, volvieron a levantarla...

Cuando volvió a despertarse, ya no sentía náuseas y tampoco le dolía la cabeza. Al abrir los ojos, lo primero que notó fue que la habitación estaba en penumbra, unas pesadas cortinas de seda cubrían las ventanas. Lo segundo fue que la habitación era lujosa. Aguzó el oído, pero solo pudo oír una especie de zumbido en la lejanía. Una lavadora, quizás.

Apartó la ropa de cama y vio que todavía llevaba la camiseta y las mallas. Se sentía confusa y no sabía cuánto tiempo había pasado durmiendo.

Se acercó a una puerta, la abrió y, con alivio, vio que era un cuarto de baño. Antes de entrar, vio su bolsa de viaje en un rincón de la habitación. Encendió la lámpara de la mesilla, se acercó a la bolsa y, en cuclillas, la abrió y le sorprendió ver que solo contenía ropa interior y calzado.

Lanzó una carcajada al recordar a Valentino preguntándole, después de abrir su armario, si solo tenía ropa negra.

—Vaya, ya te has despertado.

Miller se giró sobre los talones y, sobresaltada al oír la voz de Valentino, se cayó hasta quedar sentada en el suelo. Trató de no pensar en lo guapo que estaba: no se había afeitado y tenía el pelo mojado de la ducha. Y también notó que llevaba un cuenco humeante en las manos.

—Caldo de pollo —dijo él dejando el cuenco en la mesilla.

—¿Has hecho caldo de pollo?

—Mi chef lo ha hecho.

—¿Tienes un chef?

—El chef del equipo, para ser exactos.

—Vaya —Miller se puso en pie sin saber qué más decir—. En fin, ya me siento bien. En realidad, me siento estupendamente. Ya te había dicho que no estaba enferma.

—No me extraña que te encuentres bien... después de haber dormido casi veinticuatro horas.

—¡Veinticuatro horas! Es una broma, ¿no?

—No. Esta mañana, cuando el médico te examinó, dijo que debía de haberte atacado un virus, aunque según él no era nada grave. No obstante, me advirtió que le avisara si llegaba la noche y no te habías despertado —Valentino se metió las manos en los bolsillos del pantalón—. Y ahora, te dejo para que te tomes la sopa y te des una ducha.

—Gracias... Ah, espera. No tengo nada que me sirva para cambiarme de ropa. Lo único que has metido en la bolsa es ropa interior y... ¿Qué es ese ruido?

—El mar —respondió él ya junto a la puerta—. Ha venido un frente frío y el mar está muy picado.

—¿Vives al lado del mar?

—En Phillip Island.

—¿Ni siquiera vives en Melbourne?

—Miller, date una ducha y reúnete conmigo en la

cocina, al fondo del pasillo, gira a la izquierda y luego a la derecha. En el armario hay ropa, te servirá.

Con curiosidad, Miller abrió la puerta del armario y se quedó boquiabierta al verlo lleno de una ropa preciosa de mujer. ¡Y la mitad de las prendas eran negras!

Pero... ¿de quién era esa ropa? ¿Y por qué tenía Valentino un armario lleno de ropa y... de la talla diez, averiguó tras examinar unas cuantas etiquetas.

Su talla.

La idea de ponerse la ropa de otra mujer no le gustó. En unas estanterías del armario vio camisetas y pantalones vaqueros, y también un chándal de color gris.

Miller agarró el chándal y una camiseta. Por fortuna tenía su propia ropa interior, jamás se habría puesto la ropa interior de otra mujer. En realidad, habría preferido ponerse su propia ropa, pero no después de dormir vestida tantas horas.

Cuando Miller entró en la cocina, después de tomar el caldo de pollo y darse una ducha, y Valentino, con una cuchara de palo en la mano, la miró de arriba abajo, se maldijo a sí misma por permitir que ese hombre le afectara hasta el punto de hacerle imposible relajarse en su presencia.

–Así que la ropa es de tu talla, ¿eh?

–Sí. ¿De quién es?

–Tuya.

–¿Quieres decir que has comprado esa ropa para mí?

–En realidad, la ha comprado Mickey –respondió él encogiéndose de hombros.

–¿Mickey?

–Mi mano derecha.

¿Valentino tenía una «mano derecha»? No quiso pensar en a cuántas mujeres más había comprado ropa Mickey.

–Mickey me lleva la correspondencia y hace de intermediario con toda la gente que quiere ponerse en contacto conmigo para hacerme la vida un poco más fácil. Sin embargo, es la primera vez que ha tenido que llamar a una tienda y hacer un pedido de ropa de mujer.

–Yo no he dicho nada –declaró Miller, consciente de la facilidad con la que Valentino le había adivinado el pensamiento.

–No era necesario que lo hicieras, se te ha notado en la cara lo que estabas pensando.

–No suele pasarme –respondió ella apenas capaz de respirar–. ¿Y por qué solo metiste ropa interior y calzado en la bolsa de viaje?

–Porque me dio un ataque de pánico al abrir el armario y ver que todo era negro. Además, mi punto débil es la ropa interior y los zapatos. Y hablando de otra cosa, ¿qué tal estaba la sopa?

–Divina –respondió Miller, sonrojándose al pensar en lo que él había dicho sobre la ropa interior–. Y no voy a quedarme con esa ropa. En ese armario hay ropa suficiente para diez mujeres.

Valentino se apoyó en el mueble de cocina, al lado de la cocina de guisar.

–Mickey antes estaba en el ejército, no es un experto en lo que las mujeres necesitan o dejan de necesitar.

–Pero tú sí, ¿verdad?

La forma en que Valentino la miró hizo que se le erizara el vello.

—Eso me han dicho.

Miller suspiró para hacer tiempo mientras pensaba qué decir, cómo cambiar de tema con el fin de que la tensión disminuyera. Sería vergonzoso para ella que Valentino se diera cuenta de lo mucho que le afectaba su presencia.

—Creo que debería marcharme ya. Supongo que tendrás cosas que hacer.

—Estoy preparando la cena.

—¿No has dicho que tienes un chef?

—El chef hace la compra; pero, cuando estoy aquí, quien cocina soy yo.

—¿Qué estás haciendo de cena?

—No te preocupes, te aseguro que no es veneno.

Valentino lanzó una carcajada y ella se dio cuenta de que había estado arrugando el ceño.

—Tranquila. Y si quieres marcharte después de la cena, lo arreglaré para que puedas hacerlo.

Capítulo 12

TINO vio el pecho de Miller ascender y descender cuando le puso un dedo en la mandíbula. La sintió temblar. No había sido su intención tocarla, seducirla, pero ahora no podía pensar en otra cosa.

Sabía que debía detenerse. Miller había estado enferma y se hallaba invitada en su casa. Pero no podía parar con Miller delante de él, tan hermosa con el cabello revuelto, las mejillas sonrosadas y los labios entreabiertos. ¡Se moría de ganas de besarla! Quería...

Miller se balanceó hacia delante.

–Valentino...

Los ojos azules de ella le parecieron enormes, brillantes, seductores... Le costaba respirar y sabía que le resultaría imposible contenerse para no besarla.

Así que la besó.

Y quizá todo hubiera quedado en eso de no ser porque Miller, tras una breve vacilación, se alzó de puntillas y pegó el cuerpo al de él. Y eso fue su perdición.

Tino deslizó la mano por debajo de la camiseta de ella y la hizo gemir. Él lanzó un gruñido y profundizó el beso, endureciéndolo cuando el deseo amenazó con consumirles a los dos.

Miller hundió las manos en su cabello y él encontró los pechos de Miller, esos perfectos pechos redondos.

–Miller... –la voz le salió ronca y Miller apartó la boca de la suya cuando comenzó a pellizcarle ambos pezones.

Miller se echó hacia atrás, arqueando la espalda, y él lanzó un gruñido de placer al tiempo que le bajaba las copas del sujetador para continuar sus caricias más íntimamente.

La respuesta apasionada de Miller le embriagó y, alzándola, la sentó en la encimera de granito.

–Valentino... –susurró Miller con un suspiro de placer.

Tino clavó los ojos en los de ella y se lamió los labios, y vio que a Miller se le dilataban las pupilas.

–Miller, lo que más quiero en el mundo es estar dentro de ti. Dime que tú quieres lo mismo.

Tino sintió el deseo de ella mientras abría los labios y le clavaba las uñas en los hombros.

–Sí. Quiero lo mismo que tú.

Con gesto triunfal, Tino puso las manos en la cinturilla del chándal de Miller.

–Levántate un poco.

Le bajó el chándal por las piernas y abrió mucho los ojos al ver las bonitas bragas rojas que, en cuestión de segundos, acabaron en el suelo.

–Quítate la camiseta y el sujetador.

Miller le obedeció y él, echándose hacia delante, se metió un pezón en la boca. Lo chupó y lo mordisqueó, sujetándola por las caderas mientras ella se agitaba.

–Preciosa –dijo Tino–. Perfecta.

Y los gemidos de placer de Miller pusieron a prueba su control sobre sí mismo.

Le puso una mano en la entrepierna y la instó a abrirse, y cerró los ojos momentáneamente mientras, con deleite, le acariciaba los suaves rizos y los delicados pliegues de los labios mayores. Miller estaba lubricada y él pudo introducir el dedo índice con facilidad. La oyó gemir y la sintió aferrarse a sus hombros cuando él comenzó a acariciar el diminuto y dulce botón con el pulgar.

La erección le hacía agonizar.

«Pronto», se prometió a sí mismo.

–Échate hacia atrás y apóyate en los codos.

Miller le obedeció y, entonces, Tino se agachó y la acarició con la lengua suavemente mientras le rodeaba la cintura con los brazos.

–Miller, no te puedes imaginar lo bien que sabes.

Al instante, tras las roncas palabras de él, Miller tuvo un orgasmo... que Tino sintió con la lengua y estuvo a punto de provocarle un orgasmo a él también.

Entonces, Tino se puso en pie, se sacó la camiseta por la cabeza y se bajó los pantalones. Miller estaba con la cabeza hacia atrás, los pechos alzados y el cuerpo completamente abierto, para placer visual de él. Y tras unos segundos de contemplación, se colocó entre las piernas de Miller.

«Preservativo».

Se agachó, sacó un preservativo del bolsillo trasero de los pantalones, y se lo puso.

–¿Siempre estás así de preparado?

Las roncas palabras de Miller y la forma de mirarle hicieron que vacilara. Normalmente, habría respondido con sarcasmo. Pero aún tenía el sabor de ella en la lengua y, aunque no sabía por qué, no se le ocurrió nada gracioso.

–No. Pero no he dejado de soñar con esto desde el sábado contigo en la playa...

–¿No has dejado de soñar con esto? –dijo ella en tono ligero, dándole permiso para contestar con otra broma.

–Bueno, quizá también con la lasaña de mi madre.

Miller sonrió y entonces, sorprendiéndole, tomó su miembro y comenzó a acariciarlo. Y a él comenzaron a temblarle las piernas.

Tino le apartó las manos para no ponerse en ridículo.

–Abre los ojos –le ordenó a Miller, que había cerrado los párpados–. Quiero verte los ojos al penetrarte.

Miller abrió mucho los ojos y se lamió los labios mientras asentía.

–Agárrate a mí.

Miller se agarró a su cuello. Y él, consciente de que era la primera vez con ella, la alzó ligeramente y la penetró con sumo cuidado.

A pesar de ello, la sintió tomar aire y luego soltarlo junto a su sien.

Miller estaba tensa, muy tensa. Y él se detuvo.

–¿Estás bien? –preguntó él con la frente bañada en sudor.

Miller movió las caderas y se acopló a él.

–Ahora sí –respondió ella con voz sensual–. Es que eres tan... grande.

No era la primera vez que una mujer le decía eso, pero nunca le había gustado tanto que se lo dijeran como en ese momento.

Deseaba con todas sus fuerzas poseerla, pero necesitaba una superficie blanda para darle lo que quería darle; de no ser así, podía hacerla daño.

Consiguió llevarla a la cama, pero al caer encima de ella, estaba tan cerca del orgasmo que no pudo contenerse. Miller le agarró con fuerza por los hombros y, al sentirla a punto de tener otro orgasmo, se movió dentro de ella y ambos alcanzaron el clímax simultáneamente.

Y le pareció que nunca había sentido tanto placer.

Capítulo 13

TINO se levantó temprano, como de costumbre. Sintió el olor a sexo y, al mismo tiempo, se dio cuenta de que Miller ya no estaba en la cama.

Confuso, abrió los ojos y, con sorpresa, vio que la habitación estaba vacía.

Estaba acostumbrado a que las mujeres no quisieran despegarse de él después de una noche en su cama. Aunque reconocía que aquella noche había sido especial. Se había sentido insaciable, y sonrió al recordar que Miller le había igualado en ese aspecto.

Estiró los brazos y flexionó los tensos músculos. Había sido increíble... y se había saltado casi todas las reglas que se había impuesto a sí mismo.

No era que se negara a acostarse con una mujer unos días antes de una carrera, lo que sí se tenía totalmente prohibido era involucrarse emocionalmente con ella.

Por eso, era una suerte que Miller tuviera que marcharse aquella mañana. Él tenía una semana muy ajetreada, más aún después de haber cancelado todos los compromisos del día anterior con el fin de cuidar de Miller.

Se levantó de la cama, se puso unos vaqueros y

fue en busca de ella para ver a qué hora quería Miller que tuviera el avión listo.

La encontró fuera, contemplando el sol ascendiendo por la línea del horizonte. Estaba cubierta con la bata negra de él, tenía el cabello revuelto y con reflejos cobrizos.

Miller se volvió al oír las puertas correderas y se pasó los dedos por el pelo. Estaba adorable. Y parecía no saber qué hacer.

Tino quiso hacerla sentirse cómoda.

—¿En qué estás pensando? —preguntó Tino.

—No sabía que a los hombres les interesara lo que piensan las mujeres.

Tino se la quedó mirando, se sentía como si estuviera montando uno de los caballos de Dante.

—No quiero saber lo que piensan las mujeres, solo quiero saber lo que estás pensando tú.

—Estoy pensando que tienes una casa muy bonita. No sé por qué, pero creía que eras un tipo de asfalto.

—Por mi trabajo tengo que ir a muchas ciudades. Mi madre vive al otro lado de la isla y compré esta casa cuando hace dos años mi madre cayó enferma.

—¿Está bien ya?

—Sí. Mejor que yo.

Miller sonrió.

—Esto es muy bonito. Muy tranquilo —Miller deslizó la mirada por el césped y más allá, hacia la playa, y él notó su nerviosismo—. Pero creo que debería volver ya a mi casa.

Miller aún tenía los labios hinchados y se le notaba una parte de la garganta enrojecida, por la barba de él. Debería haber tenido más cuidado.

—Son las siete de la mañana. ¿Estás dolorida?

—Eso es algo muy íntimo —Miller enrojeció al contestar.

—Rayo de Luz, ¿hay algo más íntimo que ponerte la lengua en el sexo?

—¡Cómo puedes decir eso! —exclamó Miller.

Parecía avergonzada y eso le gustó. Estaba tan acostumbrado a que las mujeres posaran delante de él que la timidez de ella le resultó refrescante. Miller no era virgen, pero tampoco tenía mucha práctica y se le notaba. Y una de las cosas que le encantaba... que le gustaba de ella era lo fácil que resultaba tomarle el pelo.

Tino se acercó a Miller y rodeó su rígido cuerpo con los brazos.

—¿Hago que te pongas nerviosa?

—Sí —Miller lanzó un suspiro—. Debería haberme acostumbrado a oírte decir lo que piensas. Es una de las cosas que he notado que haces.

Miller le agarró los brazos como para apartarle, pero él no cedió. Comenzó a acariciarle la espalda por encima de la bata y pronto la sintió con el cuerpo.

—¿Y qué más has notado?

—Que casi siempre vas con vaqueros y a falta de un afeitado.

Tino se echó a reír.

—Rayo de Luz, eres mortal para mi ego.

—Tu ego es algo de lo que no tienes por qué preocuparte.

Miller le estaba mirando a la boca y él dejó de reír.

—Suelo empezar el día con una carrera y un zumo de frutas, pero hoy voy a hacer una excepción.

Los ojos aguamarina de ella se iluminaron, sus pupilas se dilataron.

—¿Y qué vas a hacer en su lugar?

Tino pegó la pelvis al cuerpo de Miller y ella sonrió.

—Te prometo que tendré cuidado —le susurró él.

Miller debía de haberse quedado dormida porque se despertó sintiendo a Valentino pegado a su espalda. Antes se había levantado de la cama porque la sensación que le había producido el brazo de él sobre la cintura y la mano en su vientre le había asustado y, al mismo tiempo, le había excitado. Y ahora le ocurría lo mismo.

Valentino la desbordaba. Su calor, su olor... todo él hacía que deseara quedarse allí y no apartarse nunca de él.

Desde el principio había temido que pudiera producirle ese efecto, ¿no era ese el motivo del miedo que sentía ahora? ¿Acaso no había evitado involucrarse emocionalmente con un hombre por ser consciente de lo frágiles que eran las relaciones entre los hombres y las mujeres? Entonces, ¿por qué un piloto de coches con fama de mujeriego le daba tanta seguridad? No tenía lógica.

Tampoco tenía lógica la sensación de bienestar que la envolvía, algo que no había sentido desde el divorcio de sus padres. Ahora se daba cuenta de que eso era lo que había estado buscando en su trabajo también, un sentido de pertenencia.

Confusa y algo exasperada con sus emociones y sentimientos, Miller trató de levantarse sin despertar a Valentino. Pero, en esa ocasión, los fuertes dedos de él la agarraron por las caderas como los tentáculos de un pulpo.

–¿Voy a tener que atarte a la cama con el fin de encontrarte en ella cuando me despierte? –el cálido aliento de Valentino le acarició el cabello.

Miller se puso rígida. Quería salir corriendo y quedarse allí al mismo tiempo. Al final, no tuvo la fuerza de voluntad necesaria para resistirse al magnetismo de Valentino.

–¿Adónde querías ir? –preguntó él al cabo de unos momentos.

–Tengo que trabajar. Y lo digo en serio.

Pero Valentino la hizo tumbarse boca arriba. Después, él se inclinó sobre ella apoyándose en un codo y la miró intensamente.

–¿Por qué tienes tantas ganas de salir corriendo? –le preguntó Valentino–. Quédate un día más. Esta noche tengo una fiesta con unos patrocinadores, podrías acompañarme.

Sorprendida y asustada por lo mucho que deseaba aceptar la invitación, Miller reaccionó de inmediato, respondiendo con una negativa.

–No puedo. Tengo trabajo.

–Puedes trabajar aquí –dijo Valentino con un súbito brillo de irritación en los ojos–. Tienes aquí el ordenador.

Miller se pasó una mano por la frente. Valentino era una fuerza de la naturaleza, muy difícil de resistir.

–Sé que no te gusta la incertidumbre ni las sorpresas, Miller. Sé que te gusta seguir planes bien pensados, por eso voy a hacerte una proposición: ¿qué te parece si pasas aquí la semana entera?

«¡La semana entera!».

–Cinco días, para ser exactos. De esa manera también podrías asistir a la gala de mi madre, en la que espera verte T.J., y también puedes verme correr.

–¿Por qué iba yo a querer ir a la fiesta de tu madre? –preguntó ella arrugando el ceño.

Tino se tumbó de espaldas, dándole un respiro al retirar esa penetrante mirada tan suya.

–¿Quieres que te sea sincero? Mi madre invita a todas las mujeres casaderas del universo con la esperanza de que mis hermanos y yo encontremos al amor de nuestras vidas.

–Pobrecito. Todas esas mujeres solteras y sin compromiso a tu alrededor. Ahora en serio, yo creía que cualquier hombre se volvería loco con eso.

–No. Todas esas solteras y sin compromiso lo que quieren es atarle a uno. No, ese no es mi sueño.

De repente, Tino se incorporó otra vez apoyándose en el codo, inclinándose sobre ella, y Miller contuvo la respiración. Entonces, él comenzó a acariciarle la garganta, debajo del lóbulo de la oreja...

–Yo te he hecho un favor el fin de semana pasado, lo menos que podrías hacer es protegerme de todas esas mujeres que no me interesan el sábado por la noche.

La voz de Valentino se había tornado grave, sensual, y el cuerpo de ella reaccionó al instante. Rápidamente, le apartó la mano.

–Para. No puedo pensar cuando te tengo tan cerca.

–Me parece justo, ya que a mí me pasa lo mismo contigo.

–¿En serio? –preguntó Miller sorprendida.

–Bueno, la verdad es que sí puedo pensar, pero solo en una cosa –Valentino le cubrió un pecho con la mano y comenzó a pellizcarle el pezón, haciéndola arquearse en la cama–. Dime que vas a quedarte.

—¿Por el sexo?

Miller se había quedado sin respiración y él, colocándose encima de ella, esbozó una sonrisa triunfal.

—El sexo es fenomenal, pero la idea de que vayas a la fiesta de mi madre me encanta. Contigo allí podré relajarme, puede incluso que lo pase bien. Además, Caruthers también esperará que vayas.

—¿Desde cuándo te importa lo que Dexter piense o deje de pensar...?

Y Miller lanzó un gemido de placer por las caricias de Valentino en sus pechos.

—No me importa. Y di que sí.

—No sé... —y volvió a gemir cuando Valentino se apoderó de uno de sus senos con la boca—. Por favor, cállate.

A Miller le pareció que estaba levitando. El placer era casi insoportable. Gritó el nombre de Valentino en el momento en que él le separó las piernas y, al instante, se sintió húmeda. Se dio cuenta de que Valentino rebuscaba en la mesilla, soltándole el pecho momentáneamente para abrir a mordiscos el envoltorio del preservativo. Y de nuevo se hallaba con ella, encima de ella.

—Vamos a ver... ¿dónde estaba? Ah, sí, di que vas a quedarte.

Valentino le besó la garganta y ella volvió el rostro, buscando la boca de Valentino con la suya.

—Está bien.

¿Qué había hecho? ¿Había accedido a quedarse en casa de Valentino?

—Cinco días —dijo él.

–Yo... –levantó las caderas porque él empezó a acariciarle la entrepierna.

–Di que sí.

–Sí, vale, de acuerdo.

Estaba tan desesperada que le rodeó la cintura con las piernas y alzó la pelvis de tal manera que a Valentino no le quedó más remedio que penetrarla.

Le oyó gruñir y todo pensamiento la abandonó en el instante en que Valentino comenzó a moverse dentro de ella. Creyó que se rompería en mil pedazos y eso fue lo que le ocurrió. Un placer enloquecedor se apoderó de ella. Valentino gritó su nombre y ella sintió la fuerza del orgasmo de él dentro de su cuerpo.

Le pareció que transcurría una eternidad hasta que pudieron moverse.

–¿Estás bien? –le preguntó Valentino.

–Pregúntamelo dentro de un minuto –respondió Miller tratando de llenarse los pulmones de aire.

–Lo siento. He estado un poco bruto, ¿no?

–No, ha sido fabuloso –respondió Miller estirando los brazos por encima de la cabeza–. Puede que no consiga volver a moverme.

Lanzando un gruñido de protesta, Valentino se levantó de la cama.

–Ojalá pudiera decir lo mismo. Desgraciadamente, hoy tengo que ir a trabajar. Ya me he retrasado mucho, los del equipo deben de estar echando humo –Valentino se agachó para darle un beso en los labios–. ¿Por qué no te quedas en la cama, recuperándote? Le pediré a Mickey que venga a las cinco, en coche, para que te lleve a la ciudad.

¿A la ciudad? Miller tardó un minuto en recordar la conversación que había tenido con él mientras le veía entrar en el baño y abrir el grifo de la ducha. Se dio cuenta de que se había vuelto a dejar arrollar por él y que había accedido a quedarse allí cinco días y a ir a la fiesta de la madre de Valentino.

Se sentía confusa y todavía no sabía si seguía teniendo un trabajo o no. Pero sí, también estaba feliz. Sin embargo, era lo suficientemente inteligente para saber cómo era la dura realidad. No obstante, iba a aprovechar la oportunidad que se le había presentado e iba a tomarse esos cinco días a modo de unas vacaciones improvisadas; eso sí, después de llamar por teléfono a Dexter y también de dar los últimos retoques a la propuesta para T.J.

Naturalmente, no se hacía ilusiones respecto a Valentino, sabía por qué él le había pedido que se quedara. Y aunque no era la clase de mujer dada a las aventuras amorosas pasajeras, siempre había una primera vez para todo.

Miller salió del coche y sonrió a Mickey, que sostenía la portezuela. Mickey era tal y como se lo había imaginado: alto, en forma y muy fuerte.

Delante de la tienda, en la famosa Collins Street, se arremolinaban los aficionados. Y ella, rápidamente, dirigió la mirada a los guardas de seguridad, a ambos lados de la pequeña alfombra roja, y avanzó hacia ellos enfundada en el elegante traje negro.

—¿Señorita Jacobs?

—Sí.

Menos mal, sabían quién era.

—Yo soy Chrissie. El señor Ventura me ha pedido que la recibiera. Sígame, por favor —le dijo la atractiva asistente, que la condujo a una sala llena de gente charlando, riendo y bebiendo champán.

Valentino estaba en medio de un círculo de admiradores vestido con un traje de chaqueta a rayas y una camisa blanca con los dos botones superiores desabrochados, sin corbata. Estaba elegante y sofisticado, y dolorosamente guapo.

Le temblaron las piernas cuando Valentino la vio y, al instante, se dirigió hacia ella con los ojos iluminados.

—Estás preciosa –murmuró él y, tomándole la mano, se la llevó a los labios.

A Miller le dio un vuelco el estómago.

—Tiene gracia, estaba pensando lo mismo de ti.

—¿Qué tal el día? –preguntó Valentino sonriendo.

—He trabajado y también he hablado con Dexter. Y aunque no me ha perdonado por lo que le dije a T.J., no creo que sabotee mi ascenso.

—Estupendo –Valentino agarró una copa de champán de la bandeja de un camarero que pasaba por su lado y se la dio a ella–. ¿Cuándo te vas a poner a pintar otra vez?

—Valentino, no me preguntes eso.

—¿Por qué no?

—Porque es un sueño infantil, nada más.

—A mí no me parece que sea infantil. Es un desafío. Quizá deberías dejar de esconderte detrás de ese muro de protección que has levantado a tu alrededor y lanzarte a conseguirlo.

—Lo haré... si tú también lo haces.

Se arrepintió de lo que había dicho en el momento en que las palabras salieron de su boca.

Valentino la miró fijamente, pero no con hostilidad, sino con admiración, a su pesar.

—Eres muy lista. Bueno, ven, tengo que atender a los invitados.

Miller se dejó llevar, consciente de que no parecía ser la de siempre. No, no podía estarse enamorando de Valentino, ella era demasiado inteligente para cometer semejante estupidez.

Capítulo 14

DEBERÍA estar pensando en llegar al grado de concentración necesario para conseguir la pole con el fin de salir el primero en la carrera del día siguiente; sin embargo, no lo estaba haciendo.

Tampoco quería pensar en lo que sentía por Miller y no iba a hacerlo hasta que no acabara la carrera. Aunque reconocía que estaba considerando la posibilidad de no romper con ella todavía.

Y no se debía solo al placer sexual que Miller le procuraba, aunque eso por sí solo era una razón de peso. La cuestión era que le gustaba estar con Miller. El día anterior, incluso se había dejado convencer y había probado la comida mexicana. Sonrió al recordarlo y pensó que al director del equipo le habría dado un ataque de haberle visto desviarse de la estricta dieta a la que se tenía que someter días antes de una carrera.

—¿Qué estás pensando?

Tino la miró, sentada a su lado en el coche. La pregunta se había convertido en una especie de broma entre los dos a partir del lunes por la noche.

—En esa especie de bocadillo de judías que me obligaste a comer ayer.

—Enchiladas.

Tino tembló teatralmente y ella alzó los ojos al cielo.

–Y no te obligué. Creo que tienes muy mal gusto.

–Yo no tengo mal gusto, Rayo de Luz.

Tino sonrió y Miller también, y de repente se dio cuenta de que se encontraba relajado y contento. A menudo tenía que hacer un esfuerzo para sentirse así, pero ahora no, ahora era algo espontáneo y natural... como Miller.

–¿Has tenido noticias de T.J.? –sabía que ese tipo había dado el visto bueno a parte de la propuesta de Miller, pero estaba aguantando el tipo a la espera de que él tomara una decisión respecto a Real Sport.

Miller había insistido en que no aceptara el patrocinio, pero él lo había dejado todo en manos de su agente.

–No, todavía no. Pero estoy convencida de que, al final, contratará nuestros servicios para el resto de sus negocios.

Tino también lo creía. Pero hablar de negocios le recordó uno de sus pequeños proyectos que había descuidado últimamente.

Decidió que tenía tiempo suficiente, por lo que tomó la siguiente salida de la autovía, la salida justo antes de Westgate Bridge y que llevaba a la zona situada detrás de Yarraville.

–Este no es el camino a Albert Park –comentó Miller con curiosidad.

–Antes de ir allí quiero enseñarte una cosa.

Tino entró en un gran aparcamiento vacío y paró el coche.

–Esto es un kartódromo.

–Sí. Desmelénate.

Miller le imitó y salió del coche, con sus bonitas piernas enfundadas en unos vaqueros y calzada con unas botas negras.

—¿Por qué hemos venido aquí?

—Quiero ver una cosa.

—Me parece que está cerrado.

—Sí, lo está –Tino se detuvo delante de unas puertas de cristal y las abrió con una llave–. Compré el kartódromo hace dos meses, cuando estaba convaleciente y muy aburrido. Encargué unos trabajos, pero no he tenido tiempo para venir a ver cómo está todo.

Se adentraron en una oscura sala que olía a aceite, polvo y gasolina. Él respiró hondo y una sensación de bienestar le envolvió al ver los cambios realizados desde su última visita.

—Huele a patatas fritas rancias –declaró Miller arrugando la nariz.

Cosa que Tino no había notado.

—Me parece que lo siguiente que hay que arreglar es la cocina. Esta es la zona de los niños más pequeños –explicó Tino, acercándose a una de las vallas–. La de los niños un poco más mayores está en la parte trasera.

—¿Tenemos tiempo de verla?

—Sí, claro... ¡Eh, Andy!

—Tino, vaya sorpresa. No te esperaba –un hombre alto y desgarbado con camisa a cuadros y vaqueros con lamparones de aceite se les acercó.

Tino le estrechó la mano a su amigo.

—Andy, te presento a Miller Jacobs. Miller, este es el encargado del kartódromo y hombre visionario, Andy Walker.

Miller y Andy se saludaron y se dieron la mano. Después, Andy se volvió a él.

—Por cierto, la pista principal ya está terminada –dijo Andy con satisfacción–. ¿Recibiste el mensaje que te mandé el miércoles?

–Sí, por eso es por lo que me he desviado para pasarme por aquí.

–Ven a verla.

Tino siguió a Andy, acompañado de Miller, hasta la parte posterior del edificio y salieron afuera.

–Es enorme –declaró Miller a espaldas de él–. Es como un miniautódromo.

Tino sonrió.

–Eso es justo lo que es.

–Lo sé –respondió ella–. Es solo que no esperaba que fuera tan grande.

–¿Quieres probar la pista?

–¿Quieres decir dar un paseo andando por la pista?

–No, andando no –Tino se volvió a Andy–. ¿Tienes a mano un par de karts preparados?

–Sí, claro –respondió Andy sonriendo traviesamente, y a Tino le encantó la expresión de asombro de Miller.

Capítulo 15

MAMÁ, al final, se ha salido con la suya.
Valentino se volvió al oír la voz de su hermano mayor e, irritado, se contuvo. Estaba disfrutando de unos momentos de paz y tranquilidad después de haber tenido que aguantar los envites de gente bienintencionada deseándole suerte en la carrera del día siguiente y de pseudovírgenes. Pero ahora, por suerte, los invitados parecían algo más tranquilos: bailaban, charlaban y admiraban las vistas de uno de los hoteles de primera clase propiedad de Dante.

–¿En qué sentido? –preguntó Tino fingiendo interés.

–Uno de los hijos de nuestra madre ha encontrado el amor en una de sus fiestas –Dante lanzó una mirada en dirección a la pista de baile, al lugar en el que Miller estaba bailando.

Tino le lanzó una mirada asesina.

–No voy a fingir no saber qué estás insinuando.

–Estupendo. De esa manera, podemos ir directamente al grano. Dime, ¿qué piensas hacer al respecto? ¿Debería empezar a sacarles brillo a los zapatos?

–No si no piensas volver al colegio –respondió Tino en tono ligero–. No estoy enamorado de Miller, si eso era lo que ibas a preguntarme ahora.

Prefería que Dante le hablara de la carrera del día siguiente a que le hiciera preguntas sobre la mujer a la que no podía quitarse de la cabeza. Miró hacia la pista de baile y vio que Miller estaba enseñándole a bailar el vals a su sobrino de doce años. Se sintió excitado al recordar que apenas hacía una hora, al volver a la suite del ático del hotel, había hecho el amor con ella de forma memorable.

Había pasado seis horas en el circuito de carreras, tiempo en el que se había asegurado la segunda posición de salida en la carrera del día siguiente. Después había aguantado una rueda de prensa en la que le habían hecho tantas preguntas sobre su última novia como sobre la carrera.

Llevaba todo el día tratando de no pensar en Miller, de controlar sus emociones y sentimientos. Pero al volver a la habitación y encontrarla de pie junto a la cama con un tanga y un diminuto sujetador ni siquiera había perdido el tiempo en decirle hola.

Frunció el ceño, el recuerdo le hizo ponerse duro como una roca.

Miller aún tenía la boca algo magullada. Y en cuanto al vestido que llevaba puesto... La prenda de seda de color chocolate enfatizaba sus curvas y era el complemento perfecto para sus ojos y su piel. Miller era la mujer más guapa que había visto en su vida, y el miedo que le tenía a la carrera del día siguiente no era nada en comparación con las emociones que Miller despertaba en él.

Ella le ocupaba la mente. ¡Qué demonios, incluso había estado en el coche con él en la pista aquella tarde, algo que no podía ocurrir!

–No consigues quitarle los ojos de encima y apenas te has acercado a ella –continuó Dante.

Tino vació el vaso de agua.

—¿A eso le llamas tú amor? —inquirió Tino en tono burlón—. Así no me extraña que tus relaciones con las mujeres sean tan cortas.

Dante lanzó una queda carcajada.

—A eso le llamo yo esconder la cabeza en la arena.

—Repito, no estoy enamorado de Miller Jacobs —insistió Tino.

—¿Qué te pasa? ¿Cuál es el problema? —Dante estaba mirando a Miller con expresión de admiración—. Algún día tenía que ocurrir. Y, además, Miller es deslumbrante.

—Sabes perfectamente cuál es el problema —respondió Tino—. El problema es mi trabajo.

—Pues déjalo.

A Tino le dejó perplejo la sugerencia de Dante.

—¿Dejarías tú tu negocio multimillonario por una mujer?

Dante se encogió de hombros.

—Ahora mismo, diría que no; pero eso nunca se sabe. Ya sabes, no digas nunca «de esta agua no beberé». Llevas pilotando coches quince años y está el mal augurio de lo de mañana. Yo, por supuesto, no creo en esas cosas y estoy convencido de que no te va a pasar nada mañana, pero... ¿para qué arriesgarse?

Tino sabía que Dante estaba pensando en el día en que su padre tuvo el accidente mortal. Ninguno de ellos había hablado nunca del asunto, pero se sentía mejor ahora que sabía por qué Dante había llevado la conversación por esos derroteros.

—¿Te han pedido mamá o Katrina que me digas que no participe en la carrera de mañana?

—Sabes que mamá nunca haría eso. No —Dante sacudió la cabeza–. Lo que pasa es que te he visto distinto hoy en la pista. Era como si estuvieras...

Dante frunció el ceño, parecía estar buscando las palabras adecuadas para decirle algo que él no quería oír.

–Distraído –declaró Dante–. Y se me ha ocurrido que quizá tú estuvieras pensando que te vendría bien un cambio.

–Sí, pero un cambio de conversación –respondió Tino con voz tensa.

El hecho de que su hermano le hubiera notado tenso antes de la clasificación le preocupó.

–Está bien, no insistiré más –anunció Dante tras un denso silencio–. Pero yo que tú evitaría a Katrina, ya está pensando en las damas de honor para tu boda.

Miller solo escuchaba a medias la animada charla de Katrina cuando, de repente, la oyó decir:

–Jamás me habría imaginado que vería a mi hermano tan enamorado. No consigue dejar de mirarte.

¿Que no dejaba de mirarla? Pero si ni siquiera había cruzado con él una palabra desde el momento en que se habían presentado en la fiesta. Y, además, cada vez que miraba en su dirección, él volvía el rostro, evitando sus ojos.

Lo que no tenía sentido ya que, supuestamente, ella había ido allí para evitar el acoso de las jóvenes solteras. Y como no estaban actuando como una pareja normal, las chicas hacían cola para estar con él.

Miller trató de contener la cólera que sentía, consciente de que la producía el intenso dolor de verse despreciada. Quizá Valentino ya no quisiera seguir con ella, pero eso no le daba derecho a tratarla con semejante desdén.

Por supuesto, desde el primer momento había sabido que la relación no iba a durar, pero no se había imaginado que le gustara tanto la vida de pareja, por breve que hubiera sido. Siempre había sido muy independiente, por lo que había pensado que no lograría vivir con nadie. Pero Valentino la hacía sentir mucho, la hacía desear mucho. ¿Era por eso por lo que ahora él la estaba evitando? ¿Se había dado cuenta de lo que ella sentía por él?

La idea la aterrorizó. Se sintió presa del pánico, segura de que Valentino nunca podría corresponderla.

Pero una cosa era engañar a sus compañeros de trabajo y a un cliente respecto al carácter de sus relaciones con Valentino y otra muy distinta engañar a un miembro de la encantadora familia de él. Además, no creía que a Valentino le molestara que fuera sincera con Katrina.

–No, Katrina, Valentino no está enamorado de mí.

–Yo no estaría tan segura. Puede que no te lo haya dicho...

Miller le puso la mano en el brazo a Katrina.

–Conocí a Valentino la semana pasada. La única razón por la que le he acompañado a esta fiesta es porque él me ayudó con un cliente mío y se hizo pasar por mi novio –vio cómo la curiosidad agrandaba los ojos de Katrina y sacudió la cabeza–. No me preguntes más, es una larga historia. Baste decir que me puse enferma y Valentino me ayudó. Y... aquí estoy. Pero mañana vuelvo a mi casa.

Katrina clavó sus bonitos ojos azules en los de ella.

—Pero tú estás enamorada de mi hermano, ¿verdad?

Miller agachó la cabeza. No tenía sentido negar lo evidente a la hermana de Valentino.

—Como el resto de las mujeres del planeta —contestó Miller encogiéndose de hombros.

—En ese caso, ¿qué vas a hacer al respecto? —preguntó Katrina.

Miller, confusa, frunció el ceño.

—Sé que mi hermano, a veces, es muy suyo e inaccesible, pero no te rindas. Lo que le pasa es que lleva tanto tiempo tratando de protegerse para no sufrir que ya se ha convertido en parte de su personalidad. Cuando murió mi padre, Tino cambió, y no...

—¿Revelando los secretos de la familia, Katrina?

Miller se encogió al oír la voz de Valentino interrumpiendo a su hermana. Estaba detrás de ella, con las piernas separadas e inmenso. Y el esmoquin le hacía parecer más provocativo y peligroso que los vaqueros y las camisetas.

—Hola, hermanito. ¿Lo estás pasando bien? —dijo Katrina alegremente.

—No. Y tengo que marcharme ya. Sin duda, te veré mañana en la carrera. ¿Miller?

Valentino le ofreció el brazo y ella lo aceptó, pero solo porque no quería provocar una escena.

—Ha sido un placer conocerte, Katrina.

—Lo mismo digo —Katrina se le acercó y le susurró—. No te dejes intimidar por los ladridos de mi hermano; en el fondo, es completamente inofensivo.

En eso Katrina se equivocaba, pensó Miller con pesar. Valentino tenía el poder de hacerle daño, y había sido ella quien había cometido la equivocación

de conferirle semejante poder. Sí, ella tenía la culpa.
Valentino había sido sincero desde el principio.

A mitad de camino de la salida, Miller le tiró del
brazo.

–Si no te importa, creo que voy a quedarme aquí
un rato más.

–¿Por qué?

«Porque no quiero subir a la habitación contigo y
dejar que me destroces el corazón».

–Lo estoy pasando bien.

–No quiero que hables con mi familia de mí ni de
mi padre –declaró él con voz gélida.

–Yo no le he preguntado nada a Katrina. Lo que
pasa es que ella creía que tú... sentías algo por mí y
yo le he explicado lo que ha pasado y le he dicho que
todo es una farsa.

Valentino la agarró por el codo y tiró de ella hacia
la pared.

–¿Por qué has dicho eso?

–Porque me gusta tu familia y no quiero mentirles
–respondió Miller.

–Lo nuestro ha dejado de ser algo fingido desde
el momento en que nos acostamos juntos y lo sabes
perfectamente –gruñó Valentino.

A Miller le dio un salto el corazón. ¿Hablaba en
serio? ¿Podía deberse el mal humor de Valentino a
que sentía algo por ella y no sabía cómo expresarlo?

–Entonces... ¿qué es lo que hay entre los dos?
¿Cómo lo llamarías tú?

–No sé. ¿Diversión? –Valentino se pasó la mano
por el cabello, se le notaba frustrado y enfadado–.
Oye, lo siento. He tenido un día horrible y no quiero

que hables de mi padre. Mi padre murió pilotando un coche. Todos tenemos que superarlo y olvidarlo.

–¿Como has hecho tú?

–No se te ocurra psicoanalizarme, Miller –le advirtió él–. Tú no me conoces.

–No es de extrañar, ya que no compartes tus sentimientos con nadie.

Pensó que Valentino iba a hacer algún comentario al respecto. Pero, al ver que callaba, se dio cuenta de lo tenso que estaba realmente. Y ella lo último que quería en el mundo era discutir con él justo la noche antes de una carrera crucial.

–Valentino, tu hermana no tenía intención de causar ningún problema. Estaba intentando animarme porque cree que tú te proteges para evitar que te hagan daño.

–Eso es ridículo.

–¿Lo es? –preguntó Miller–. ¿No será que crees que tu padre no te quería lo suficiente como para dejar de correr? Porque sé que llevas tiempo dándole vueltas a la carrera de mañana, y he pasado contigo el tiempo suficiente como para darme cuenta de que estás un poco enfadado con él.

De repente, fue como una revelación. Pensó en lo tenso que Valentino había estado con su madre, a pesar de saber que él la quería con locura.

–Y quizá también estés algo enfadado con tu madre, aunque no sé exactamente por qué.

–No proyectes en mí los problemas que tienes tú con tu madre, Miller –le espetó él.

Miller se quedó boquiabierta.

–Lo que has dicho es horrible. Mi madre se sacrificó mucho por mí. Y aunque tú me has ayudado a ver que yo he seguido los sueños de ella y no los míos, no es culpa de mi madre, sino mía. Dejé de lado mis aspiraciones artísticas porque, en ese momento, me pareció lo mejor. Y ahora... creo que ha llegado la hora de irme.

—No te vayas.

Miller estaba temblando. Tenía que marcharse antes de seguir hablando y decir más cosas de las que pudiera arrepentirse.

—Estoy cansada.

—No me refiero a ahora. Deja tu trabajo y ven conmigo. Acompáñame a Mónaco la semana que viene.

Miller se lo quedó mirando. ¿Había hablado en serio?

—¿Para qué?

—¿Es que tiene que haber una razón? ¿No te has divertido estos días?

—Sabes que sí, pero eso no es suficiente para mantener una relación —contestó ella—. No, Valentino, no puedo hacer eso.

—¿Por qué no? —insistió él, frustrado—. No soportas tu trabajo.

—Eso no es verdad.

—No es lo que te gustaría hacer —dijo él.

—¿Y eso cómo lo sabes tú? Jamás me has preguntado qué es lo que quiero, solo me lo dices —Miller sabía que no estaba siendo justa del todo, pero no se iba a echar atrás ahora. Además, solo se estaba protegiendo para evitar que Valentino la hiciera cambiar de idea con el fin de satisfacer sus propias y egoístas intenciones.

—Si no quieres acompañarme, dilo, Miller, pero no utilices el trabajo como excusa.

–Pero ¿qué demonios te pasa? –preguntó ella irritada–. Llevas todo el día de un humor de perros. Y ahora estás intentando que vuelva a someterme a tu voluntad y haga lo que tú quieres que haga.

–Porque siempre me salgo con la mía.

Miller alzó los ojos al cielo.

–¡Tu arrogancia es increíble! No sé si has dicho en serio eso de que me vaya a viajar contigo, pero supongo que implica que tengamos una relación. Pues bien, deja que te diga que jamás tendría una relación con un hombre cabezota, egoísta y amargado.

–Por fin ella enumera mis defectos.

Miller respiró hondo.

–Creo que ya nos hemos dicho todo lo que teníamos que decirnos. Somos muy diferentes, Valentino. Tú quieres que todo sea superficial y fácil, pero los sentimientos, a veces, no son así.

–Lo sé. Por eso es por lo que me niego a albergar sentimientos por nadie.

–A veces uno no puede evitarlo, no se pueden controlar.

–Todos somos capaces de controlar nuestros sentimientos y nuestras emociones –declaró Valentino.

–En ese caso, si tú puedes hacerlo, no sabes la suerte que tienes. Porque yo acabo de descubrir que no puedo controlarlos. Y tampoco puedo estar con una persona que solo conecta conmigo durante el acto sexual porque tiene miedo de... de sentir algo más profundo.

–Lo que a ti te pasa es que te asusta la incertidumbre.

Miller alzó los brazos.

–Sí, y ahora me vas a decir qué es lo que yo siento con el fin de ocultar tus propios sentimientos.

–Vale, de acuerdo, ¿quieres saber lo que siento? Siento que mi padre cometió un error al casarse con mi madre, que no era un hombre apto para tener una familia y que casi nunca estaba en casa con nosotros. Sí, yo era su preferido porque, como él, era adicto a la adrenalina, pero tampoco a mí me hizo mucho caso. Y cuando se estrelló contra el muro... En fin, yo no pienso hacerle eso a nadie.

Miller se dio cuenta del dolor de él y le dio un vuelco el estómago.

–Valentino, lo siento –quería tocarle, pero la seriedad del rostro de él le quitó la confianza necesaria para hacerlo.

–No vas a venir conmigo, ¿verdad?

Miller tragó saliva.

–No puedo. Yo... quiero más de lo que tú estás dispuesto a darme –confesó ella con toda sinceridad, reconociendo que le amaba.

Valentino se pasó una mano por el cabello.

–¿Qué es lo que quieres exactamente?

–Amor –respondió Miller–. Nunca pensé que llegaría el día en que quisiera amor, y todavía me asusta, pero tú me has hecho ver que reprimir mis sentimientos y negarme a mí misma lo que realmente me gusta es como vivir a medias. No sé qué tal se me daría vivir en pareja, pero estoy dispuesta a intentarlo.

La expresión de Valentino se tornó dura.

–Yo no te puedo dar eso. No puedo ofrecerte una relación que dure.

Miller sonrió débilmente, consciente de que se le estaba rompiendo el corazón.

–Lo sé. Por eso es por lo que no te lo he pedido. Pero gracias por esta semana... Y buena suerte mañana.

–Gracias –Valentino se aclaró la garganta–. Dile a Mickey que prepare el avión para poder irte cuando quieras.

Miller se dio media vuelta para evitar que Valentino la viera llorar.

Capítulo 16

CUANDO Miller se marchó, Tino, furioso, salió a la terraza para tranquilizarse.

—Sé que posiblemente no quieras hablar conmigo de tus problemas, pero también sé que, al menos por respeto, no te vas a marchar y a dejarme con la palabra en la boca.

Valentino se volvió de cara a su madre.

—No te preocupes por mí, mamá, estoy bien.

—Una madre sabe perfectamente cuándo sus hijos le mienten. Aunque sus hijos sean hombres hechos y derechos.

—Mamá... —dijo Valentino en tono de advertencia, lanzando un resoplido.

—No me rechaces, cariño. En una ocasión permití que tu padre participara en una carrera sintiéndose turbado y confuso, no voy a dejar que ocurra lo mismo contigo si puedo evitarlo.

Valentino se quedó mirando a la diminuta mujer que poseía la fuerza y la fortaleza de un búfalo y, de repente, lo que antes había sido enfado se trasformó en algo parecido a la desesperación.

—Sé que te resultó difícil estar casada con papá.

—Sí.

—¿Por qué no le pediste que dejara las carreras? Sé que lo habría hecho si se lo hubieras pedido.

–Todavía estás enfadado con él –declaró su madre mirándole fijamente–. Y quizá también conmigo.

Sí, era verdad. Incluso Miller se lo había dicho. ¿Por qué seguir negándolo?

–Cariño, lo siento –continuó su madre–. Quizá no debería haberme apoyado tanto en ti después de su muerte.

Valentino sintió como si, de repente, se estuviera quitando de encima una pesada carga. Agarró a su madre por los hombros y la estrechó en sus brazos.

–Mamá, no estoy enfadado contigo.

–Quizá ya no, hijo –respondió su madre conteniendo un sollozo que a él no le pasó desapercibido, y la estrechó con más fuerza.

–Siento haberme portado tan mal contigo y con Tom. Siempre le he tratado con desprecio, a pesar de que me llevaba a los autódromos y jamás faltó a ninguna de mis carreras –Tino se interrumpió, incapaz de seguir expresando el remordimiento que sentía.

–Lo comprendía –dijo su madre estrechándole con fuerza.

–En ese caso, es mejor persona que yo.

–Tino, tú solo tenías dieciséis años cuando nos casamos, una edad muy difícil.

–Creo que me dolía que él sí estuviera en casa tratando de ayudarnos cuando papá casi nunca lo había hecho.

–Tu padre se tomaba sus responsabilidades muy en serio, Valentino. Su problema era que no sabía expresar sus sentimientos ni su amor. La mañana del accidente... –su madre se interrumpió y tragó saliva–. Llevábamos algún tiempo hablando de que debía dejar de correr, y creo que, de no haber tenido el accidente, habría dejado las carreras de coches.

Su madre se apartó de él y, mirándole, sonrió y añadió:

—En fin, la vida sigue y yo he tenido la suerte de que dos hombres maravillosos me quisieran. Espero que algún día tú también encuentres el amor. Espero eso respecto a todos vosotros.

Tino se metió las manos en los bolsillos, la emoción casi le ahogaba. Maldita Miller, había acertado al decirle que él había estado enfadado con su madre.

—Siento no haberme portado bien, mamá. Gracias por hablar conmigo de todo esto.

Entonces, por el rabillo del ojo vio a Tom, su padrastro. Este parecía a punto de darse la vuelta y alejarse de allí con el fin de no interrumpirles.

Tino le hizo una señal para que se acercara.

—No quería interrumpir —dijo Tom poniendo una mano en el hombro de su esposa y mirándola con infinito amor.

—Tom... —Valentino buscó las palabras para darle las gracias a ese hombre al que había tratado con desdén hasta ese momento, a pesar de no haber dejado de apoyarle a él y a sus hermanos.

Tom inclinó la cabeza y dijo:

—No te preocupes, todo está bien.

Tino sonrió, asintió y se marchó a toda prisa. Tenía que encontrar a Miller.

En el avión de Valentino, esperando a que despegara, Miller, aún con el traje de la fiesta, se secó las lágrimas mientras se preguntaba por qué el piloto estaba tardando tanto en poner en marcha el avión. Tenía la impresión de que llevaba allí al menos una hora.

De repente, la puerta del aeroplano se abrió y Miller se quedó perpleja al ver a Valentino. El corazón le golpeó contra el pecho.

—¿Qué haces aquí?

Valentino se adentró en los confines del restringido espacio del avión.

—Estaba buscándote.

—Le dije a Mickey que no te dijera nada.

—No ha sido Mickey quien me ha dicho que estabas aquí, sino el piloto —respondió él, y parecía disgustado.

—Siento haber pedido el avión a esta hora. Pero no he podido cambiarme de habitación en el hotel porque no les quedaba ninguna libre. Y Mickey insistió en... —entonces, Miller se puso en pie—. A propósito, ¿por qué me estabas buscando?

—Porque después de que te marcharas me he dado cuenta de que te quiero y tenía que decírtelo.

—¿Que... qué?

Valentino avanzó y ella comenzó a retroceder hasta darse contra una de las paredes del avión. No podía dar crédito a las palabras de Valentino.

—Me has oído perfectamente —dijo Valentino agarrándole los codos—. Te quiero, Miller. Llevaba toda la vida convenciéndome a mí mismo de que no quiero enamorarme; pero, afortunadamente, has llegado tú y me has demostrado lo equivocado que estaba.

—Me dijiste que lo único que te importaba en la

vida eran las carreras de coches –Miller trató de calmar el ritmo de los latidos del corazón.

–Lo que demuestra que tienes que añadir que soy un estúpido a la lista de mis defectos.

–Quizá haya sido algo dura.

–No, no lo has sido –Valentino titubeó un momento–. Después de la muerte de mi padre me prometí a mí mismo no enamorarme con el fin de evitar que alguien pudiera sufrir por mi culpa. Pero tú tenías razón, a la única persona que quería proteger era a mí mismo –Valentino sacudió la cabeza–. Hasta que tú apareciste en mi vida, Miller, no me creía capaz de amar a nadie.

Miller sintió como si se le hinchara el corazón. Lo que más quería en el mundo era creerle, pero seguía teniendo miedo.

–¿Qué es lo que estás pensando, Miller? –preguntó Valentino estrechándole las manos–. Vamos, cielo, dímelo.

–Estoy pensando que quizá nunca logre deshacerme de esa necesidad que tengo de seguridad y certidumbre, y no sé si podría soportar verte participar en una carrera cada dos semanas sin hacer que te sientas culpable. Al verte hoy en la clasificación para la carrera de mañana... La verdad es que se me puso mal cuerpo.

–De eso no tienes por qué preocuparte. He convocado una reunión para mañana por la mañana en la que voy a anunciar que dejo las carreras. Desde ya.

Miller se quedó atónita.

–¿Por qué? Te encanta correr.

–Porque te quiero más que a nada en el mundo.

–Pero... ¿y a qué te vas a dedicar? –preguntó Miller casi sin respiración.

–Andy y yo tenemos la patente de un nuevo diseño de karts y la ilusión de venderlos por todo el mundo. Y también hemos pensado en todo tipo de actividades para ofrecer en el kartódromo. No sé, podemos hacer muchísimas cosas.

–Es una idea genial –dijo Miller asintiendo.

–Me alegro de que te guste –Valentino sonrió–. De hecho, me gustaría que fueras nuestra asesora. Andy y yo sabemos mucho de coches, pero no tenemos ni idea de cómo llevar un negocio.

–¿Quieres que trabaje con vosotros? –preguntó ella con una sonrisa de oreja a oreja.

–Solo si tú quieres... Dios mío, Miller, qué guapa eres –Valentino le soltó las manos, la abrazó y la besó apasionadamente.

Por fin, cuando se separó de ella, Miller estaba temblando.

–¿Dónde estábamos...? Ah, sí, cásate conmigo.

–¿Que me case contigo?

–Y si no te importa, también me gustaría una casa llena de niños.

–¿Una casa llena de niños?

–Me dijiste que no te gustaba ser hija única.

–No, lo odiaba –a Miller le daba vueltas la cabeza–. Eh, espera... me estás apabullando otra vez.

Valentino le rodeó el rostro con las manos y la miró a los ojos.

–Está bien, lo entiendo. Todavía estás algo asustada. Bien, háblame, dime lo que sea.

Miller se humedeció los labios y respiró hondo. Valentino le había entregado el corazón, dejaba las carreras de coches por ella. Lo menos que podía hacer era confesarle su mayor temor.

–Valentino, no es posible que sientas por mí lo mismo que yo siento por ti, y me temo que eso sea lo que acabe destrozando nuestra relación.

–¿Qué es lo que sientes por mí, Miller?

–Te quiero, por supuesto. Pero...

–Lo único que puedo decirte es que tú jamás me querrás tanto como yo te quiero a ti –declaró Valentino, interrumpiéndola–. Eso te lo garantizo.

–No –Miller negó con la cabeza–. Es imposible que me quieras tanto como yo a ti.

Valentino sonrió y, pegándole la espalda a la pared del avión, la estrechó contra sí.

–¿Quieres que nos pasemos discutiendo el resto de nuestras vidas?

Miller se echó a reír, radiante de felicidad.

–¡Increíble, lo has dicho en serio!

Valentino le tomó ambas manos en una de las suyas.

–Jamás he hablado tan en serio. Miller, te adoro.

Miller miró a los ojos al hombre que hacía que le cantara el corazón.

–Y yo a ti. No creía que fuera posible querer tanto.

–Lo mismo digo, Rayo de Luz. Y ahora, por favor, dime que te vas a casar conmigo.

Completamente sobrecogida por la emoción, Miller sonrió.

–Me casaré contigo... con una condición.

–Sabía que no iba a ser fácil –protestó Valentino con un gruñido–. ¿Qué condición?

–Que lo hagamos a mi ritmo, no al tuyo –dijo Miller rodeándole el cuello con los brazos.

Valentino echó la cabeza hacia atrás y lanzó una carcajada.

–Te quiero –dijo Miller, habiéndola abandonado todo rastro de duda.

Valentino la besó.

–Y yo a ti.

Miller sonrió. ¿Cómo podía haber podido pensar que el amor era algo horrible? El amor era maravilloso.

Los enemigos se atraen

Ivan Korovin estaba decidido a cimentar su evolución de pobre niño ruso sin un céntimo a estrella de cine de acción, multimillonario y filántropo. Pero antes de nada tenía que resolver un serio problema de Relaciones Públicas: la socióloga Miranda Sweet, que intentaba arruinar su reputación llamándolo neandertal en los medios de comunicación siempre que tenía oportunidad.

¿La solución? Darle al hambriento público lo que deseaba: ver que los enemigos se convertían en amantes. Desde la alfombra roja en el festival de Cannes a eventos en Hollywood o Moscú, fingirían una historia de amor ante los ojos de todo el mundo. Pero cada día resultaba más difícil saber qué era real y qué apariencia…

Sin rendición

Caitlin Crews

Acepte 2 de nuestras mejores novelas de amor GRATIS

¡Y reciba un regalo sorpresa!

Pasión en Roma

KATE HARDY

Rico Rossi era un rico propietario de una cadena de hoteles. Cuando Ella Chandler, una preciosa turista inglesa, lo confundió con un guía turístico, no pudo resistirse a la tentación de seguir de incógnito y de enseñarle todas las maravillas de Roma. Ella estaba asombrada con la intensidad del deseo que había surgido entre ellos y, cuando llegó el momento de dejar la Ciudad Eterna, le costó despedirse de su amante italiano. Luego, descubrió que Rico le había mentido... y él tenía que demostrarle que la quería.

¿Sería capaz de recuperarla?

¡YA EN TU PUNTO DE VENTA!

Bianca

Una noche de pasión... ¡Y un enorme escándalo!

Dante D'Arezzo era la última persona a la que la famosa compositora Justina Perry querría encontrarse en la boda de su mejor amiga. El prohibitivamente sexy italiano era despiadado hasta la médula. Tras haber soportado que le hubiera roto el corazón en una ocasión, ella no estaba dispuesta a ceder de nuevo a su insaciable deseo. Pero lo hizo...

El embarazo de Justina fue portada en toda la prensa y Dante supo de inmediato que aquel bebé era suyo. Y estaba dispuesto a hacerle pagar caro por haberle intentado ocultar ese hijo. Señorita Independencia estaba a punto de volverse totalmente dependiente... de él.

HARLEQUIN *Bianca*

Sharon Kendrick
Escándalos y secretos

Escándalos y secretos

Sharon Kendrick